독자님, 이렇게 책으로 만나뵙게 되어 영광입니다.
블로그, SNS, 유튜브 등에 이 책을 읽은 **리뷰**를 남겨주시면
큰 힘이 됩니다.
리뷰에는 **사진**을 찍어 올려주시면 더욱 감사합니다♡
동영상으로 촬영하셔도 됩니다.
독자님의 따뜻한 감상평은 독서의 시간을 더욱 아름답게 할 것입니다.
앞으로도 더 좋은 책으로 만나뵙겠습니다.

어른의 세렌디피티

어른의 세렌디피티

심세은 지음

마음세상

제1부 각자가 가진 흐름

제2부 어떠한 날들과 이야기

제3부 시간은 가고, 그렇게 쌓여간다

제1부
각자가 가진 흐름

푸른 청춘을 살아가는 것

나는 우리 엄마 아빠의 산물이다. 친가와 외가에서 모두 막내였기에 정말 많은 사랑을 받으며 컸다. 그런 사랑을 받을 만큼 순하고 착하지 못했는데 말이다. 볼살이 터질 듯 통통하던 갓난아기는 어느새 어린이가 되어 유치원과 초등학교를 들락날락했다. 엄마 몰래 귀를 뚫고, 혼날 짓만 골라 하는 명불허전 사춘기의 청소년으로 자라나 그토록 바라던 성인의 자리로까지 발돋움했다. 우리 아빠는 이런 언니와 나를 보며 종종 뭉클하다고 이야기한다. 대단한 성인일 줄 알았는데 빈틈이 많고 아는 것보다 모르는 것이 훨씬 넘치는 나는 이제 스물셋이다. 초등학생 때 티브이와 인터넷 속에서 봐온 연예인 언니들의 이십 대는 화려하고 범접할 수 없는 완연한 어른과도 같았다. 어쩜 그렇게 대단해 보였는지. 내가 스물셋이 된다면 그 언니들처럼 성숙하고 노련한 멋쟁이가 되어 있을 줄 알았다. 결론은 전혀, 완전, 절대 그렇지 않다. 우리는 보이는 것과 그것의 실상, 그리고 있는 그대로의 것들을 각기 구분할 줄 알아야 하나 보다. 나의 시야에 크고 좋게 보이는 것들이 내게도 자연스레 부여되는 줄 알았던 때가 있었다. 그것은 어마어마한 착각이었지만 누구나 그런 적이 있다면 서로에게 위안이고 안심이며 다행이다.

스물셋이라는 나이는 중학생쯤 되는 아이들에게는 예전의 내가 언니 오빠를 바라볼 때 그랬듯 참 많아 보일 수 있는 나이라고 예상하지만, 대다수 어른에게 어리다고 듣는 나이이자 마냥 어리다고만 표현하기에는 살짝 어색하기도 한 나이로 느껴진다.

종각 어딘가에서 친구와 함께 밥을 먹던 중 나이에 관한 이야기가 나왔다. 친구는 "음, 스물셋이라고 하면 이십 대 안정기에 들어온 나이 같은데?"라고 담담하게 말했다. 나에게는 그 말이 형언하기 어렵던 스물셋에 대한 완벽한 정의로 와 닿았다. 이십 대 안정기에 슬쩍 자리를 비집고 끼어들기 시작한 청춘의 나이, 바로 그거다. 내가 나를 건사해야 하는 부분 탓에 성인의 무게를 몸부림치는 이들도 있을 것이다. 나도 내년 내후년의 나를 어떻게 책임지고 꾸려나갈지에 대해 막막할 때가 있다. 그렇지만 미성년자의 시간이 숨 막혔던 나에게 성인이 된 지금의 시간은 참 좋다. 성인이 된 모든 이가 한 번쯤은 느끼는 양손 높이 들고 소리 지를 만한 짜릿한 해방감. 어쩌면 한 인간의 아름다운 성장이고 어쩌면 나날이 발전하는 기술 마냥 나와 이 세상 사람들의 성장은 당연한 일이다.

오늘 우리는 나답게 살고 있는가에 대해 잠시 생각해 보았으면 한다. 먹고 싶은 걸 날 잡아 잔뜩 먹고, 하고 싶은 일에 눈 질끈 감고 도전하며, 내 마음에 들어온 사람에게 호감을 표현하는 일 등. 그냥 이게 다 사람이 공존하며 겪는 작고 사랑스럽지만, 머리 아픈 이야기들이다. 내가 적은 인생 경험으로도 확신할 수 있는 것은 어떤 모습으로 살든 본인의 '있는 그대로'의 모습이 좋아지기 시작할 때 우리는 우리의 인생을 즐기고 사랑할 만한 자격을 얻게 되는 것 같다. 그 자격을 자격증처럼 완벽하게 취득하지는 못했지만 나 자신이 점점 좋아지고 있는 것은 확실하다. 내가 좋아하는 것들을 더 제대로 좋아하기 시작했다. 우리는 자신이 좋아하는 것에 대해 얼마나 제대로 인지하고 있을까.

이제 스물셋이라는 나이를 꽉 채우는 나는 말이 매우 많은 편이다. 덕분에 원래 내가 하려던 말보다 하지 않아도 될 말들이 더 자주 튀어나와 종종 기상천외한 일상을 살고 있다. 말이 많고 횡설수설이 취미인 사람이라면 분명 알 만한 기분이다. 나처럼 말이 많은 사람도 말이 없는 그 누군가도 살면서 특별하고 다양한 일을 겪는다. 그렇게 하루, 이틀, 일주일, 한 달의 시간이 지나가며 우리는 아주 조금씩이지만 계속해서 변화한다. 본질 자체는 그대로 '나'라는 사람이지만 본질의 향, 색깔, 모양새는 바뀌어 가는 것이다. 오 년 전만 해도 아니 불과 일 년 전만 해도 우리는 그때의 각 자신과는 또 다른 모습을 하고 또 다른 생각을 하며 세상을 바라보고 있다. 때때로 성장통 역시 겪는다.

또래보다 한참이나 우물 안 개구리였던 나는 단 한 번도 세상을 다 안다고 여긴 적이 없을 만큼 모르는 것이 수두룩하다. 스스로가 세상을 다 아는 것 같고 세상의 주인공 같다고 여긴 적이 분명 다들 있겠지. 나는 사회생활을 일찍 시작했다. 다정한 사람들과 일하고 있으며 아무도 날 고독하게 만들지 않았음에도 고독을 일찍 맛본 이십 대 청춘이다. 본업이 있어도 해보고 싶던 다른 일을 시도하고 다양한 사람도 만나며 나만의 시간 역시 잘 보내고 살아가지만 약 두 달간의 방학이 있던 대학생의 여유를 벗어나 방학 없는 직장인의 삶에 입성한 것은 아무리 하는 일이 좋아도 팍팍할 수밖에 없는 것은 사실이다. 이 팍팍한 일상을 실감하면서도 긍정적으로 살아갈 수 있는 이유는 아직 단 하나뿐이다. 세상을 살아가는 것이 흥미롭고 유쾌한 일이라고 굳게 믿는 것이다. 세상은 수많은 잣대가 존재하는 잔혹한 곳이니 조심하라고 말해주는 사람이 있다. 나 역시 언젠간 세상을 살아가는 일이 다 부질없고 고리타분하다고 여기는 날이 올 수 있지만 아직은 즐겁고 좋은 것이라 믿으며 허리를 꼿꼿하게 세운 채 밝게 웃음 지어 건강한 현재와 미래를 만들고 싶다. 미래에 대한 작은 신뢰가 우리를 지탱해줄 수 있지 않을까?

어느 날, 평소 인사만 건네고 지내던 어떤 한 사람이 "세은아, 너는 참 싱그러운 것 같아."라는 말을 은연중에 툭 던지고 지나갔다. 외모지상주의가 판을 치는 세상에 예쁘다-도 아닌, 그렇다고 내적인 면을 꼽아 심성이 곱다-도 아닌 게 싱그럽다는 표현은 뭘까. 낯선 단어는 아니지만 어색하게 들려왔다. 눈썹 하나 잘 그리지 못하고 할 줄 아는 요리가 계란후라이나 반죽이 된 팬케이크 정도가 끝인 그런 어설픈 삶을 살아가던 나로서는 싱그럽다는 표현이 봄 같은 계절에나 어울리는 표현이라고 생각했다. 돌이켜보면 듣기 좋은 말이었다. 그저 스쳐 가며 들은 한마디지만 그 말을 들은 누군가는 깊은 기억을 품는다.

우리는 이 긴 인생의 여정 속에 얼마나 많은 말을 듣고 내뱉으며 살아갈까. 다 잊기도, 여전히 기억나기도 하는 내가 듣고 내가 내뱉은 말들. 한때 말을 참 예쁘게 한다는 칭찬을 많이 들었다. 그때의 나는 지금 어디에 있을까. 내가 벌써, 어쩌면 아직 스물셋이라니. 이 세상 사람들은 누구 하나 빠짐없이 모두 나이가 들어간다. 태어난 때가 다를 뿐 누구든 공평한 시간 속 한 해 한 해 지날 때마다 자신의 나이에 하나의 숫자가 더해진다.

나를 오래 봐온 어른분들 또는 우연히 만나 내 나이를 듣게 되는 사람들은 "정말 청춘이네, 부럽다!"라는 식의 말을 많이들 건네준다. 아직 살아가야 할 날, 살아내야 하는 날들이 많이 남은 '청춘'이라는 실질적 표현은 사실 좋다. 좋은데, 사람 가는 데에 순서가 없다는 것을 나는 아주 잘 알고 있기에 그저 좋은 것에서 끝내지 않고 죽기 전까지의 인생을 알차게 살아보고 싶은 바람과 욕구가 있다. 사람들은 '잘 산다는 것'에 대해 얼마나 고민하고 있을까? 잘 사는 것의 기준은? 푸르고 바른 청춘은 무엇일까? 얼마만큼 잘 살아야 자신을 만족시킬 수 있는 걸까? 아니, 만족이 있기는 한 걸까.

한창 티브이 프로그램에서는 여러 청춘의 어른이 되어가는 삶을 보여주는 드라마와 젊은 청춘 배우들이 여행을 떠나는 프로그램이 큰 인기를 누렸다. 또 다른 무엇 때문이었는지는 몰라도 결론적으로 청춘이라는 단어가 무척이나 마음에 들었다. 누구나 한 번씩은 보낼, 그리고 이미 보낸 '청춘'. 나이가 들어가고 늙어감의 장점은 차곡차곡 쌓아온 시간이 많다는 것이고, 나이가 어리고 젊은 것의 장점은 차곡차곡 쌓아야 할 시간이 많이 남았기 때문이라고 생각한다.

후자의 입장에 놓여 있는 나는, 내가 내 인생의 청사진을 그릴 기회가 많이 남아있다는 느낌이 좋다. 언젠간 이 역시 지나간 먼 이야기로 남게 되리라 생각하면 지금의 내 생각이 웃기기도 하고 나름 기특하기도 하다. 그래서 나는 푸르고, 조금은 녹록지 않은 청춘의 삶을 살아간 어른들이 정말 존경스럽다. 진정한 어른이 되는 길은 생각보다 첩첩산중으로 멀 테니까.

고등학교 때 내가 무슨 호사를 누리자고 졸졸 쫓아다녔던 한국사 선생님께서는 내가 역동적인 삶을 살 것 같다고 말씀하셨다(사실 '다이내믹'이라는 표현을 쓰셨다). 나는 어떤 삶, 이 책을 읽는 사람들은 어떤 삶을 만들어내고 있을까. 그래서 나는 청춘의 시간을 지나 보낸 어른들의 지나치게 현실적이면서도 아름다운 인생 이야기를 듣는 일이 예능 프로를 보는 일보다 즐겁다. 그것이 대단한 이야기든, 길거리에서 핫도그를 사 먹었다거나 서울로 상경했다는 시시콜콜한 이야기라 해도. 사람을 좋아하고 관심이 많으며 호기심이 넘치는 나의 관점으로 바라보는 사람은, 나보다 먼저 인생을 시작한 어른이든 나보다 늦게 인생을 시작한 어린이든 모두 다 신기하다. 한 사람의 세계가 만들어지기까지 얼마나 많은 시간과 경험이 필요할까.

어느 것 하나 표본을 잡고 살아가기 어려운 세상이다. 그만큼 다양한 사람과 다양한 것들이 즐비한 다채로운 세상이 되었다. 청춘이라는 단어의 뜻은 '푸른 봄철' 그리고 '십 대 후반에서 이십 대에 걸치는 인생의 젊은 나이'라고 사전에 기재되어 있다. 이 청춘이라는 때는 각자 삶의 갈피를 잡아가고 본인 스스로에 대한 믿음을 키워가는 때가 분명하다. 그렇게 30대가 되었을 때 그동안 잡아 온 갈피와 자신에 대한 믿음을 중심으로 더 당당한 인생을 살아낼 수 있게 되는 것이다. 물론 20대를 그냥 흘려보냈다 해도 소중하지 않은 삶은 없다. 갈피 없이 믿음 없이 살아도 잘 살 방법은 많다. 인간은 어느 방면으로든 끝도 없이 성장하게 되니까. 그래도 나는 지금 이 시기를 조금 더 정성껏 열심히, 그리고 즐겁게 살고 싶다. 그렇다. 나는 지금 어엿한 어른은 못되지만, 어른에 대해 생각하고 인생이라는 걸 생각하는 스물셋 청춘이다. 그렇다면 이 책을 읽고 있는 사람들은 요즘, 그리고 매 순간을 어떤 형태로 쌓아가고 있을까?

시와 영화, 그리고 책과 음악에 대하여

시집과 영화 그리고 시집을 제외하고도 다양한 분야의 책들과 마지막으로 음악. 이 네 가지는 사람에게 수많은 감명과 인생의 판타지를 수반해준다. 이어 당당하게 나다워지는 방법을 '직접' 깨닫도록 돕는다. 우리를 부유하게 만드는 이 네 가지의 것들을 어찌 멀리할 수 있을까.

시

혼자 시를 쓰고 있던 나에게 왜 그런 주책맞은 짓을 하냐며 놀리던 친구가 있었다. 나는 밥 먹을 때 다음으로 제일 진지하게 고뇌하며 쓰고 있는데 뭐라고? 그걸 몰라주는 게 서운해 그 친구의 얼굴을 아주 선명하게 기억하지만 이름이 헷갈린다. 조금 억울하다.

시집은 우리에게 그 어디에도 국한되지 않을 좋은 영향력을 안겨준다. 지하철을 기다리며 보게 되는 스크린도어에 담긴 시도 그 잠깐 사이에 우리 마음을 아늑하게 만든다. 나는 중학생 때부터 시집을 읽었다. 좋은 구절을 찍어 두었던 사진을 오랜만에 USB에서 발견할 만큼. 그때 시라는 존재는 나에게 그렇게도 좋았나 보다. 시집의 존재를 진지하게 받아들였던 때의 내 모습이 기억난다. 누구나 자신이 깊게 애정을 품고 있거나 특별하다고 느끼는 대상에 대해 진지한 마음을 담아 마주했던 때가 새록새록 떠오를 것이다. 이를테면 각자의 연인, 그림, 베이킹, 게임, 스포츠 등. 고등학교 1학년 때는 직접 쓴 시를 담임 선생님께서 교실 벽면에 붙여놔 주시기도 했다. 어른이 되어 다시 읽었을 때 낯간지러운 말들이 잔뜩 담겨 있었지만 풋풋했다.

내가 생각이 많은 사람이라 그런지 마음에 환기가 되거나 내 마음을 대변해주는 것 같은 시를 통해 좋은 영향력을 받았던 것 같다. 시집에서 내 마음을 관통하는 시를 찾았을 때 좋아하는 선생님께 적어 드리기도 하고, 힘든 시간을 보내고 있는 친구에게 건네준 적도 있다. 마음의 도화선을 부드럽게 어루만지고 마음의 중심을 다시 살펴보게 만든다. 못난 마음이 들 때면 그 마음 역시 잠재워준다. 대단한 어휘와 문장 구사력이 없다 해도 누구나 시를 쓸 수 있다. 순간의 감정에 집중할 때 시가 써진다. 시가 참 좋다.

영화

우리에게 좋은 영향력을 안겨주는 건 시집뿐만이 아니다. 영화에 대해서라면 또 할 말이 많다. 나는 주로 각국의 독립영화 또는 로맨스 영화를 즐겨본다. 영화라면 포스터의 예쁨 정도와 전체적인 줄거리만 생각하던 내가 언제부터인가 등장인물들이 나누는 밀도 있는 대화와 감정선에 집중하기 시작했다. 그리고 개인적으로는 그 모든 것을 제일 잘 표현하는 장르가 독립영화라고 느꼈다. 각국의 독립영화가 선사하는 다양한 배경 속 소소하면서도 짙은 이야기들이 너무 좋다. 아, 물론 로맨스 영화도. 로맨스 영화의 경우 사실 뻔한 사랑 이야기라면 뻔한 건 맞다. 그런데도 영화마다 표현되는 각기 다른 설렘과 툭 건드려지는 내 마음속 사랑의 감정, 거기서 오는 감동은 매번 새롭고 사랑이라는 걸 믿어볼까 싶은 마음을 갖게 한다. 웃긴 건, 내가 제일 좋아하는 영화가 속한 장르는 공상과학 영화라는 사실이다.

자신이 추구하던 것과 다른 반대의 것을 좋아하게 만드는 마력도 가지고 있는 것이 영화가 아닐까. 영화에서 내 상황과 비슷한 대사 또는 내가 표현하지 못하던 어떤 마음에 대해 제대로 표현된 대사가 등장할 때면 짜릿함을 느끼기도 한다. 내 핸드폰의 갤러리 안에는 영화를 캡처한 사진이 많이 들어있다. 틈이 나지 않는 시간까지도 틈을 만들어 영화를 보고자 노력하고 있다. 그 수많은 이야기와 낭만 있는 장면에 대한 몰입은 나의 현실을 잠깐 잊게 해준다. 현실 도피 차원이 아니다. 또 다른 세계를 맛보고 자극을 받으며 즐기고 싶은 것뿐이다. 영화 평론가들은 참 대단하다. 자신의 관점과 영화가 건네는 메시지 그리고 그 영향들을 잘 융합 시켜 기가 막힌 문장들로 뱉어낸다. 나는 언제쯤 그렇게 유창한 문장을 구사할 수 있게 될까. 많은 세월이 지나 자연스레 갖게 되는 능력이길 바라고 있다. 요즘 조금씩 나눠 보고 있던 영화가 끝나가고 있다. 또 어떤 영화를 볼지 행복한 고민을 시작할 차례가 왔다.

책

나는 사서로 일하고 있다. 책 주변에 둘러싸여 있다는 건 먼지 속에 둘러싸여 있다는 것과 동일한 의미가 되지만, 설렐 때가 많다. 좋은 감정을 담아 하는 일은 우리를 성장 시켜 줄 것이다. 도서관에서 책을 대출하고 서점에서 책을 살 때면 지금 나에게 필요한 내용이 아님에도 불구하고 고르게 될 때가 있다. 예를 들어서 나는 우울증은 아니지만, 우울증에 걸린 사람들이 겪는 감정과 그 고통은 무엇일까 하는 궁금증에 우울증 관련 서적을 고를 때가 있는 것이다.

어느 날, 내가 근무하는 곳이 아닌 다른 도서관에 가서 책을 대여하게 된 적이 있었다. 그때 내가 같은 사서라는 반가움과 오지랖으로 "여기 도서관 정말 좋네요."라고 말을 건네며 대출대에 책을 올려놓았다. 그 자리에 있던 사서분 역시 내 말을 잘 받아주셨고, 이어 내가 빌리는 책을 보며 한마디 덧붙이셨다. "아, 요새 인간관계에 대해 고민하고 계시는가 보네요?"라고. '원만한 인간관계'에 대해 저술된 책이었기 때문이다. 예상치 못한 말이라 진심으로 당황했다. 아, 노파심에 하는 말이지만 나는 주변 사람들과의 관계가 아주 원만하다. 그래서 더 원만한 인간관계가 존재하는지, 현명한 인간관계란 무엇인지 호기심에 빌리게 된 책이었는데 졸지에 인간관계에 고민이 생겨 그 책을 골라 읽는 사람이 되었다. 돌이켜 보면 나 역시 사서지만 도서관에서 나에게 다가와 대출하고자 하는 책을 내미는 사람을 볼 때면 그 사람에게 닥친 상황이라서, 자기 생각과 비슷해서 고른다는 전제를 바탕에 두고 이 사람은 이런 책을 읽는구나-하며 책을 대출해 주었던 것 같다.

내가 원만한 인간관계 도서 사건 충격을 받은 이후로는 '아, 이 사람은 이 책을 그냥 한번 읽어보고 싶었나 보다.'라고 생각을 바꾸게 되었다. 세상에 넘쳐나는 귀한 책들을 다양하게 접하고자 하는 사람들을 너무 일반화했구나 싶은 마음이 들었다. 그렇다. 이 세상에 다양한 종류의 책은 어마어마하게 넘쳐나고 그것을 찾는 이 역시 생각보다도 정말 많다. 세분된 책의 종류, 그 속에서 내가 읽고자 하는 것을 골라볼 수 있는 넓은 선택의 폭. 그 선택지에서 얻게 되는 깨달음 등 책은 참 소중하고 귀한 존재이다. 분명 책만 읽어서 뭐 하겠냐고 주장하는 사람도 있을 수 있다. 결국 직접 살아가며 겪는 것이 정답 아니겠냐고. 물론 이 역시 맞는 말이다. 각자의 견해에 대해 뭐라 할 생각은 없다. 그냥 나는 책이 좋을 뿐이다. 책을 골라 읽을 때마다 내가 고집했던 신조가 하나 있다. '유명한 책을 읽기보다 숨겨져 있는 좋은 책을 내가 찾자.'라는 것이다. 쓸데없이 들리겠지만 내게는 책을 고를 때 중요한 기준이었다. 그러나 많은 사람이 찾아 읽는 일명 '유명한 책'에는 그 이유가 분명히 존재한다는 것을 깨닫게 되는 시간이 있었다. 나의 책에 대한 고집이 오히려 더 크고 대단한 세계를 느끼지 못하게 막는 것은 아닐까 반문이

들게 되었고 덕분에 요즘에는 유명한 책, 굳이 유명하지 않은 책들까지 모두 골고루 읽고 있다. 영양소도 어느 것 하나만 채울 수 없듯 책을 통한 배양도 마찬가지다. 아무튼 뭐, 책 역시 정말 어마어마한 세상을 열어주는 것이 분명하다는 걸 위에 많은 이야기를 거쳐 조금은 진부하게 내리고 싶은 나의 결론이다.

음악

음악은 다른 이들에 비해 문외한인 편이지만 사람에게 얼마나 큰 영향력을 미치는지 정도는 아주 잘 알겠다. 사람들이 칭찬을 일삼는 한 가수가 있었다. 그의 노래는 다 좋지만, 굳이 챙겨 듣는 편이 아니었고 나의 재생 목록에 들어 있지도 않았다. 그런데 그 가수는 기어이 내가 찾아 듣지 않을 수 없도록 좋은 곡을 계속 뽑아냈다. 유독 내 마음을 건드리는 노래 제목이 눈에 띄었고 재생을 하지 않을 수 없었다. 날이 좋은 요즘, 그 노래를 틀고 창문을 열어둔 채 방 청소를 하면 그렇게 행복에 젖을 수가 없다. 사랑을 읊어대는데 그게 참 풋풋하고 상대에 대한 진심과 설레는 감정을 드러낸 멜로디가 좋다는 표현밖에 떠오르지 않았다. 음악에 둘러싸인 삶은 참 행복하다고 말하는 이들에게 공감하는 순간이었다. 팝송은 또 얼마나 좋은가, 영어에 '영'자도 모르는 나는 팝송을 절대 즐겨듣지 않았다. 그런데 사람은 정말 예상치 못한 곳에서 변화된다. 내가 좋아하는 여가수가 다른 나라에 가서 버스킹을 하는 음악 프로그램을 보게 되었다. 그 여가수는 여러 곡을 불렀지만 그중 불렀던 팝송이 나의 온몸에 전율을 흐르게 했다. 거기서 감동을 듬뿍 받아 생전 관심도 없던 '팝송'을 따로 검색해서 듣는 날이 내게 찾아왔다. 가사를 모르는데 가사를 알 것 같은 신기한 감정을 공감해줄 수 있었으면. 음악을 통해 힘을 얻고 가끔은 뜬금없이 알 수 없는 벅찬 감정을 느끼기도 한다. 나는 춤을 참 좋아하고 자주 즐기는데 음악을 틀어놓고 춤을 출 때면 내가 제대로 나다운 순간을 보내고 있다고 느낀다. 이렇듯 음악은 각 개인에게도, 함께일 때도, 길거리에서도, 그 어떤 분위기에서도 필요한 아주 특별한 것이다. 음악이 있어 또 새 하루를 열고 출발한다. 오늘은 어떤 곡을 재생하며 하루를 시작해볼까.

시, 영화, 책, 음악

누구나 자극을 받고 영감을 받으며 성장한다. 내가 그랬고, 수많은 이들이 그랬던 것처럼. 내가 앞으로도 이 네 가지의 것들을 통해 얻게 될 여러 자극과 영감에는 또 무엇이 있을까.

내 마음을 읽어주는 시라서, 누군가와 설레는 날에 함께 본 영화라서, 몰랐던 세계를 체험하게 해주는 책이라서, 샤워하며 부르지 않을 수 없을 만큼 좋은 노랫말이라서 소중하다.

내가 글이라는 것에 대해 많은 생각을 하고 있을 시점에 '심장 소리를 듣는 거예요. 그걸 판독해서 최고의 역량을 발휘해 써내는 게 작가죠.'라는 문장을 영화를 통해 접하게 되었다. 아직 최고의 역량을 펼치기에는 부족하지만, 나의 심장 소리와 내가 내고 싶은 나의 소리에 더욱 집중할 수 있게 도움을 준 나만의 명대사이다. 이처럼 스쳐 지나가는 장면에서도 마음을 관통하는 힘을 얻게 될 때가 있다. 누군가를 좋아하는 마음이 들었을 때 시를 찾아 읽으면 사랑의 표현은 이렇게 해야 하는 거구나, 이게 사랑이구나 하는 생각의 전환을 하게 되기도 한다. 분명 우리는 내적으로 많은 것을 생성하고 또는 바꾸어 간다. 한결같음이 좋다 해도 그 수많은 시간을 마주하고 보낼 때 우리는 무조건 변화하기 마련이다. 갑자기 예시를 하나 들고 싶은데, 책 속에 묻혀 사는 사서라는 직업이 누군가에게는 편한 일만 하는 것 같고 조금은 시시한 일이라 느껴질 수 있을 것이다. 또 다른 누군가는 굉장히 지적이고 특정 매력을 지닌 직업 같다고 말한다. 이렇게 하나를 보고도 받아들이는 것이 사람에 따라 다르다는 건, 우리의 삶을 열정으로 불태우게 만드는 이유가 아닐까 싶다. 내가 바라보는 세상에 대한 상징과 나와 다른 생각을 하는 이가 바라보는 세상은 어떤 모습일까 하는 것. 누구나 내가 보는 세상이 맞는지에 대한 의문으로 헤매다가도 그저 내가 바라보고 있는 세상이라는 것만으로 좋은 그런 날이 있는 법이다. 세상을 살아갈 때 우리의 마음을 움직일 수많은 시, 영화, 책 그리고 음악. 곁에 있는 이 네 가지의 도구들을 사용하고 사랑해보기를 바란다. 나는 앞으로도 이 네 가지의 것들을 자주 찾고 나의 세상 속으로 신나게 끌어들이고 싶다.

충분히, 행복

'이런 날이 있지 물 흐르듯 살다가 행복이 살에 닿은 듯이 선명한 밤' 이라는 노래 가사처럼 행복은 어느 날 살에 닿은 듯 선명하게 느껴진다. 단순히 길을 걷던 어느 날 밤에 푸르던 밤하늘과 조금씩 불어오는 바람 내음, 그 속에서 자동으로 떠오르는 누군가. 그 모든 것들이 너무 아름다웠던 찰나의 순간이 있다. 소중했다. 울진 않았지만, 울만큼 감격으로 다가왔다. 누구나 그런 행복의 순간이 있다. 그런 순간들이 있었기에 지금의 내가 나를 사랑할 수 있고 우리가 우리답게 살아갈 수 있다. 이렇듯 꼭 방대한 사건이 아닐지라도 좋았던 그 짧고 굵은 순간들로 인해 우리는 힘을 얻고 자꾸만 행복을 찾게 된다. 개운하게 샤워를 마친 뒤 새 침대에 올라가 갓 빨래한 세재 냄새 가득한 이불을 꼭 끌어안았을 때 그 평온함은 이루 말할 수 없을 만큼 행복하다. 연차를 쓰고 친한 사람들과 소소한 나들이를 하러 가는 것 역시 행복이다. 배터리가 가득 채워지는 핸드폰이나 카메라 충전을 눈앞에 두고 책을 보는 시간 역시 행복하다.

'행복'이라 함은 누구에게나 선명하지만 생각하기 나름이며 온전한 행복이 되기까지는 흐릿하다. 마음이 흐트러지면 금세 모습을 감추는 무형의 것이다. 우리는 얼마나 많은 행복을 느끼며 살아왔을까. 그 행복을 하나하나 기억할 순 없겠지만 어른들이 나이 들고 보니 행복은 별다른 게 아니라고 말씀하시는 것은 정말 별다르지 않은 곳에서 찾아오기 때문이라 해석해도 되지 않을까? 청소년을 벗어난 지 4년 차, 성인이 되고 난 뒤 이제는 옛날이 되어버린 그때를 생각해본다. 더운 여름 방학에 보충수업을 마친 뒤 친구와 아이스크림 하나씩을 손에 들고 땀과 수다를 흘리며 집으로 하교했던 순간, 축제 때 마주치는 다른 학교 남학생들이 신경 쓰여 입술에 무언가를 열심히 바르던 그 순간들까지도 모두 다 행복이었던 것 같다. 갓 스무 살이 되었을 때는 멋 좀 내보고 싶다는 마음으로 친구의 쇼핑을 따라가 어떤 옷을 살까 고민했던 그 순간 역시 지금 생각해보면 행복이었다.

지금은 밤늦게 일을 마치고 직장 동료와 편의점에 들어가 라면을 먹는 일, 일찍 자는 내가 가끔 밤을 새워 영화를 보는 것까지 모두 행복이다. 적고 보니 다 작은 것들이다. 이 작은 것들이 모두 행복이다. 동네 친구와 오 분 만에 약속을 잡아 만나는 것 역시도. 애써 찾지 않아도 행복은 우리 곁에 있다. 조금은 거만한 소리로 들릴지 모르지만 나는 작은 행복들을 잘 안다. 아니, 자신할 수 없지만 알 것 같다.

우리는 '행복'이라는 감정에 대한 고뇌를 언제부터 시작하게 될까? 내가 행복에 대해 깊게 생각하기 시작했던 기억은 고등학교 1학년 초여름 밤에 야자를 끝내고 마을버스를 타고 집에 돌아가던 길이었다. 그때의 나는 마을버스 창문에서 시원한 밤바람을 맞으며 '아, 이건 행복이라는 감정으로 표현할 수 있겠다.'라고 생각했던 기억이 선명하다. 덕분에 행복이 단순한 것에서 온다는 것을 느꼈다. 행복이 아주 대단한 일에서 찾아온다면 우리는 얼마나 더 발버둥 치며 살아가야 하겠는가. 차라리 다행이고 기쁜 일이 아닐 수 없다. 각자가 느끼는 행복이 다른 것은 대답하기 귀찮을 만큼 당연한 사실이다. 가족 같은 강아지와 산책하는 시간을 최고의 행복으로 여기는 친구도 있고, 자신이 좋아하는 가수의 무대를 모니터하는 것을 최고의 행복으로 여기는 사람도 있다. 그저 육퇴(육아 퇴근) 후에 시원한 맥주 한 캔 마시는 걸 무한한 행복으로 여기는 아기엄마 역시 있다. 나와 매우 친한 언니는 집 가서 먹는 밥, 집 가서 마시는 맥주, 만화방에서 보는 만화책에 행복을 느낀다. 매력적이다. 모든 기준을 뭉그러뜨린 행복은 이리도 가까이에서 얻을 수 있다.

그 외에도 나를 믿어주는 사람들이 보내는 눈빛과 웃음으로도 우리는 충분히 행복해질 수 있다. 추상적이지만 실제로 이런 사람을 마주한 경험이 있는 사람의 경우 그 기억 하나만으로도 확실한 힘을 낼 수 있다. 힘을 냈다면 자신이 하고자 하는 일도 해낼 수 있다. 정말로. 좋은 에너지가 넘치기 때문에 가능해진다. 그럼 그 가능함 덕분에 더 행복해질 것이다. 갑자기 분위기가 응원으로 흘러가지만, 무엇이든 간에 진정 한 행복을 얻을 수 있기를, 행복에 대해 용기 낼 수 있기를 응원하고 싶다. 행복이 고마운 이유는 쉽게 얻을 수 있다는 그 사실과 잘살아보자는 끝없는 희망을 안겨주기 때문이다.

뭐 하나 제대로 할 줄 아는 게 없던 스무 살쯤이었다. 이제 막 성인이 된 기분에 젖어 남들 하는 건 다 해보고 싶던 딱 그 때 특별한 날도 아닌데 호텔 뷔페에서 자주 밥을 먹곤 하는 친구가 옆에 있었다. 경제적으로 무척 여유 있는 가정에서 태어난 친구였다. 분식집만 가도 무척 신나는 내 모습과 호텔 뷔페 정도나 되어야 만족해하는 친구의 모습 사이에서 솔직한 마음으로 괴리감을 느낀 적이 있었다. 나 역시 호텔 뷔페를 가보지 않았던 건 아니지만 친구는 나보다 훨씬 더 자주 갈 수 있는 상황이었고 각 호텔 음식들을 제대로 알고 있을 만큼 자주 찾았다. 이외에도 친구는 내가 느끼는 것들보다 훨씬 더 크고 대단한 것들에 행복을 마주해 왔다. 그 사실은 친구의 수준 자체가 높은 사람이기에 그렇다는 생각과 직결되었다. 이런 분식 정도의 수준이 아니라 호텔 뷔페에 가야 만족을 느끼는 그 친구의 삶이 멋있고 대단하고 부럽기도 했다. 머릿속 숲이 우거졌다. 나는 그 친구보다 대단한 것들이 아닌 것에서조차 행복을 느끼기에 내가 더 행복한 사람인 것 아니냐는 나름의 정신승리를 한 적도 있다. 인간은 수많은 정신승리를 통해 자신을 영위해 가는 것도 있으니까. 아니나 다를까 정신승리로 그치지 않고 질투가 나려 했고 스무 살이면 그럴 수 있다는 생각으로 합리화되지 않을 만큼

나 자신이 유치하게 느껴졌다. 그래서 생각을 정리하고 생각의 전환을 하기로 했다. 단순히 그냥 사람마다 느끼는 행복이 다를 뿐이라는 것으로. 지금 와서 생각해보면 돈이 없어서 호텔 뷔페를 못 가는 사람도 분식에 행복을 못 느낄 수 있고, 호텔 뷔페를 자기 집 드나들 듯 다니는 사람도 분식집에 가서 행복을 느낄 수 있는 것이다. 그렇게 사람마다 느끼는 행복이 다르다는 것, 행복은 뚜렷하고 선명한 기준 따위 갖고 있지 않다는 것이 내 마음을 괴리감이라는 감정에서 헤어 나오게 도와주었다. 진정한 행복의 의미도 알게 해주는 계기가 되어 주었다.

고등학생 때 책상에 앉아서 하라는 공부는 하지 않고 행복의 기준에 대해 생각할 때가 있었다. 오히려 그때는 온 세상 사람 모두가 행복에 대한 기준이 다르다는 사실이 아쉽기도 했다. 기준이 없기에 행복을 더 어렵게 얻게 되는 것은 아닐까, 행복해도 행복한 게 아닐 수 있지 않을까 하는 생각들이 나를 찾아왔다. 행복에 대한 궁극적인 의문이 들었던 순간이다. 그렇지만 결국은 모두가 어떻게든 행복을 꿈꾸며 살아간다. 행복한 순간들이 있고 절망만 있는 것이 아니기에 각자의 삶을 기대하며 살아내게 된다. 어느 순간 '사람이 다르니까, 사는 곳과 형태가 다르니까, 그래서 행복의 가짓수는 무수히 많고 따라서 행복에는 기준이 없는 것이겠구나.'라고 깨우친 나를 발견했다. 누구나 이틀 뒤에 또는 일주일 뒤에 어떤 행복을 맞이하게 될지 모른다. 누구나 다 공평하게 행복할 자격이 있다는 것을 꾸준히 기억하고 싶고 다른 사람의 행복을 마음껏 함께 기뻐해 주는 여유까지도 갖고 싶다. 내 주변 사람들 그리고 이 글을 읽고 있는 사람들 역시 누구나 행복할 자격이 충분하다는 것을 알고 있었으면 좋겠다. 작은 행복부터 연습했으면 한다. 인간은 완전한 내 것이 되기 바로 전 단계의 것들을 제일 갈망한다. 이러한 것들 역시 행복일 수 있다. 그렇지만 자신이 이미 가지고 있는 것들에 먼저 깊은 감사와 행복을 느낄 줄 안다면 아무래도 좀 더 '멋있게 행복한 사람'으로 살아갈 수 있지 않을까. 그래서 오늘도 나는 내 책상에 널브러진 것들, 내가 걷는 길, 내가 마주하는 사람들을 보며 행복해하려 한다. 오늘 우리가 찾을 수 있는 행복에는 무엇이 있을까, 오늘의 나는 머리 감는 일이 귀찮다. 그 때문에 머리를 감지 않고 놔두는 행복과 엄마가 해준 집밥을 먹으며 소소한 행복을 누려볼 예정이다. 행복은 분명 가까이에 대기 중이다.

각자의 동네가 좋을 수밖에 없는 이유

너무도 익숙한 각자의 동네. 어디에 무엇이 있는지 샅샅이 알고, 그것이 얼마나 값진 가치인지 안다는 것. 그것은 참 소중하다. 아주 가끔은 이게 여기 있었나 싶을 만큼 새로움을 발견하게 되는 각자의 동네. 나 역시 그런 동네가 있다. 조금은 촌스럽고 가끔은 낡은 곳이라 느껴지던 한 동네. 그곳은 내가 22년 동안 살던 서울 한쪽 구석에 있는 동네이다. 그곳을 나는 정말 마음속 깊이 기억하고 남겨 두었다. 옆 동네에서 옆 동네로 이사를 하며 절대 그 구를 벗어난 적이 없던 22년간의 나는, 최근 아예 서울을 벗어나 마지막 온전한 우리 집으로 이사를 오게 되었다. 물론 버스로 한 정거장만 이동해도 서울이지만. 더 이사하지 않아도 된다는 사실이 정착이라는 안정적인 기분으로 다가왔고, 이곳은 내가 오래 살았던 그 동네보다 좋은 것들이 즐비해 있다. 그런데도 얼마

전까지 살던 동네가 머릿속에 꽤 자주 떠오른다. 지금 이사 온 집에는 잊을 만하면 나타나던 돈벌레도 없고, 새집인 데다 단지도 좋은 편인데 왜일까. 집 바로 뒤에 산이 있고 나무 정자가 있던 나의 옛 동네에서는 작은 중학교 운동장을 밤 중에도 산책할 수 있었다. 오래된 순댓국집이 빛바랜 간판을 매단 채 자리 잡고 있고 아주 큰 나무가 뿌리박혀 있다. 모든 것들이 다 낡아 있었다. 낡은 것이 주는 익숙하고도 정겨운 것들 때문에 잊지 못하는 게 분명하다. 더 큰 이유라 하면, 내가 스무 살 때부터 머물러 성인이 되고 난 후의 모든 일이 펼쳐졌던 보금자리이기에 마음을 놓을 수 없다. 나에게 어두운 일이 닥친다면 홀로 조용히 찾아갈 것 같은 동네라고 표현할 수 있겠다. 물론 명동, 평창동, 광화문, 넓은 일산에서도 나에게 많은 일이 펼쳐졌다. 이 네 곳은 친구들과 놀고, 남자친구와 데이트를 하며, 아르바이트가 끝나고 잠깐 옷을 사러 들리던 뭐 그런 곳이다. 이 역시 내게 소중하지만, 나의 마음을 침착하게 만들어야 할 때는 오직 딱 나의 그 동네를 산책하며 해결하곤 했다. 또는 가만히 앉아 하늘을 보고 노래를 들으며 마음을 다스렸기에 이곳에 깊은 마음을 갖고 사랑하게 된 것이다. 아, 나는 사랑한다는 말을 잘 사용하지 않는다. 어색하기도 하고 가볍게 쓸 말이 아니라는 생각에 쓰려다가 도로 집어넣곤 한다. 그런데도 당당하게 '사랑하는'을 붙일 수 있다는 건 무슨 설명이 더 필요할까? 물론 나는 더 설명할 것이다(죽을 끓는 변덕이다). 비록 부모님이 결정하여 머무는 동네였기에 내가 그곳을 직접 선택한 것은 아니었지만 무척 아꼈고 여전히 아끼고 있다는 뜻이다. 각자의 보금자리는 어떤가. 잊지 못할 동네 또는 장소가 있는지 알고 싶다. 내가 이곳을 이렇게까지 아끼고 좋아한다고 해서 엄청난 특별함을 갖춘 동네는 아니다. 정말 별것 없다. 그저 동네 버스가 돌아다니고 주변에 나무가 많으며 어르신들이 많이 나와 앉아 계시는 동네 정도이다. 길거리에 쓰레기도 많이 쌓이지만 한 발자국만 멀리서 바라보면 그것보다 더 아름다운 것들이 자리 잡아 있고, 포근하다고 느껴진다. 이사를 온 뒤로 그 근처를 간 적은 있어도 내가 거닐던 딱 그 위치에는 아직 한 번도 찾아간 적이 없다. 길지 않은 날사이에 많은 것들이 변했다. 다시 찾아가 그때의 나를 다시 느껴보고 편의점에서 컵라면을 사 먹고 싶기도, 현실적으로 귀찮기도 하다. 뭐 그런 거 있지 않나 다들 자신의 고향에 대한 향수가 있듯이 나도 그곳에서만 느꼈던 그때의 그 마음들이 그리운 것이다.

스무 살 후반부쯤에 마음고생을 했었던 적이 있다. 그때의 나에게는 버겁고 혼란이 머리를 쥐어 잡게 했던 경험이지만 아무에게도 말할 수 없었다. 말하기 싫었다. 아주 가까운 친구에게 흘리듯 말한 정도일 뿐이었다. 그때의 나는 엄마와 집 뒤에 있는 산을 오르고, 혼자 동네를 빙빙 돌며 그렇게 마음을 다스렸다.

자연을 정말 아끼고 좋아하는 나로서는 집 바로 뒤에 산이 있다는 것과 정겨운 간판의 음식점들이 나란히 모여 있다는 것이 힘을 불어넣어 주는 원천이 되었다. 그래서 나는 작은 여행을 떠나도, 할머니를 만나러 시골에 가도, 엠티를 가도 내가 돌아갈 곳이 이 동네라는 생각에 집으로 가는 길이 들뜨곤 했다. 내가 설명 중인 이 옛집은 짧게 머물기로 했던 곳이라 그런지 집 상태가 유독 좋지 않았다. 바퀴벌레는 기본이고 앞서 말한 돈벌레는 덤이었다. 가끔 불을 끄고 알람을 맞추려 후레쉬를 켤 때면 벽에 붙어있는 내 엄지손가락만 한 돈벌레 때문에 기겁하며 아빠를 불렀던 기억이 선명하다. 사실 나는 벌레를 잘 잡는다. 그러나 바퀴벌레와 돈벌레는 예외다. 그래도 신혼부부가 작고 낡은 집부터 시작해서 점점 좋은 집을 향해 이사하듯 그리고 그 작고 낡은 집에서 그래도 참 행복했지-라고 회상하듯, 내게 있어 그 집은 속으로 끝도 없는 불평을 내뱉을 때야 있었지만 내 인생의 수많은 순간을 차지한 하나의 과정이자 좋은 기억으로 남겨져 있다.

부모님이 열심히 돈을 벌고 운 좋은 타이밍에 맞추어 지금 집으로 이사를 오게 되었다. 이곳에서도 좋은 기억과 추억을 만들고 싶다. 지금 사는 곳이 오랫동안 사는 동네라면, 또는 오래 살던 동네가 따로 존재한다면 그냥 무심코 하굣길에 퇴근길에 산책길에 놀고 집에 돌아가는 길에라도 잠시 들려 제일 좋아하는 노래를 귀에 꽂고 몇 분이라도 걸었으면 좋겠다. 긴장하고 노곤하고 머리 아픈 일상을 잘 살아냈다고 자신을 토닥일 수 있는 시간이 될 것이다. 각자가 사는, 각자가 몸담은 그 환경과 그 동네를 깊은 마음으로 바라보자. 언젠간 그곳을 떠나게 될 수 있으므로.

사랑은 사랑이야

누구나 사랑을 한다. 나는 그런 누군가의 연애 이야기 듣는 것을 좋아한다. 통틀어 사랑 이야기라고 하자. 콩깍지일 뿐이라 해도 다들 사랑다운 사랑을 한다. 연애를 추천하고 또 추천한다는 사람들의 말을 나는 매우 공감한다. 사랑은 배울 게 많다. 좋은 사랑이 아니었다고 한들 침잠의 시간을 겪고 그 깨달음을 통해 부쩍 어른으로 성장한다. 스물셋밖에 안 된 애가 어떻게 사랑을 안다고 떠드는 건가 싶겠지만 아예 모를 거라 단정 짓기에는 유치원 때부터 누군가를 사랑해 왔다. 초등학생이 된 뒤에도 한 해 한 해 반이 바뀔 때마다 사랑하는 사람이 바뀌었다. 가장 기뻤던 것은, 초등학교 1학년 때 미친 듯이 좋아했던 남자애가 약 5년 뒤 초등학교 6학년이 되어 나를 좋아하게 된 것이다. 그 뒤 그 친구는 다른 나라로 떠났다. 고백하고 바로 떠나는 일이 세상에 어딨어. 너무하다.

성인이 되면 대부분의 사랑은 더욱 진지해진다. 그러나 이루어진 사랑을 꾸준히 지켜나가는 일이 사랑을 시작하는 일보다 더욱더 어려운 것은 사실이다. 세상에 쉬운 일은 많지 않다. 보통 사람들처럼 나 역시 처음 사랑이라는 감정에 대한 아주 진지한 고찰을 시작했던 기억이 난다. "너는 아직 풋풋하게 동갑 만나서 햄버거 데이트하며 놀아야 할 그런 때야." 이어 몇 년 뒤 "너는 이제 좀 듬직한 오빠 만나서 챙김도 받고 좋은 거 구경하러 다닐 때야."라고 말하던 사람들이 있었다. 신기했다. 사랑에도 누군가를 만날 '때'가 있다는 것이. 그로부터 얼마 뒤 "너도 나이가 더 들면 연하를 만날 때가 올 거야. 어리고 젊은 에너지를 가진 애가 남자로 느껴질 거야."라는 말까지 듣게 되었다. 경험으로 이루어진 자신감으로 사랑의 때를 논하던 언니 오빠들의 말. 내가 아무리 어리다 해도 사랑하는 사람 하나쯤 알아서 잘 선택할 텐데 잔소리 들은. 그런데도 솔깃했던 나는 '사랑의 때'라는 것에 대해 생각하게 되었다. 수많은 연애 경험으로 얻는 안목 또는 한 사람과 서로의 모든 성장 과정을 지켜봐 오며 얻는 든든함. 어느 것 하나 아름답지 않은 것은 없다. 모든 타이밍과 시간을 통해 만나게 되는 인연들까지도. 가만 보면 사랑은 타이밍이라는 말이 진부하긴 해도 일가견 있게 들어맞는 말임은 틀림없다.

친한 친구 N은 중학교 시절부터 장난치며 알고 지낸 남자 동생 K와 이제는 연인이라는 이름이 붙은 관계가 되었다. 둘의 눈이 맞은 타이밍은 완벽히 같았다. 그 둘은 장거리 연애를 해야 할 상황이 왔음에도 흔들리지 않고 몇 년째 연애를 이어오고 있다. 그들의 무르익는 연애의 성숙도는 곁에서 봐도 참 보기 좋을 만큼 단단하다. 사람 일은 어찌 될지 모른다는 걸 그 둘도 아주 분명히 알고 있다. 그러나 그들은 서로의 현재 모습에 집중하고 있는 그대로를 사랑한다. 사랑에 성숙하지 못한 나는 그게 얼마나 어려운 일인지를 잘 알고 있다. 서로를 통해 변했다며 감사해하는 모습이 신기했다. 기특하고 멋있고 대단했다. 건강한 관계, 서로를 통해 좋은 변화를 일구는 관계가 과연 나에게도 가능할까. 이 둘 말고도 수많은 사람이 연인이라는 틀 안에서 둘만의 이야기로 사랑의 형태를 만들어 가고 있다. 내가 했던 연애 중 제일 바람직하다고 느꼈던 상대가 던진 말이 기억난다. "네가 못생긴 얼굴로 날 보고 웃으면 나도 같이 못생겨지고 싶어. 그 기분이 너무 좋아." 적고 보니 직설적이라 미운데, 그때는 그 말이 그렇게도 좋았다. 나랑 같은 나이에 남자애가 고깃집에서 던질 만한 말은 아니었으니까.

최근에도 집에 돌아오는 길 버스에 가만히 앉아 창밖을 내다보며 사랑이라는 감정에 대해 생각했다. 고등학교 시절 내가 멋모른 채 대놓고 티가 팍팍 나는 연애를 했다. 그때는 다 그러는 것 아니겠는가. 우리 둘이 교제를 이어가고 있는지, 헤어졌는지에 대해 내 친구들을 마주칠 때마다 묻던 이상한 어른이 어이없다고 생각했던 유치함의 날들까지 창문 밖으로 스쳐 지나갔다. 연애라는 것에 부수적으로 따라왔던 많은 일들에 대해서라면 좋고 나쁜 일을 떠나 밤을 새워야 할 만큼 할 말이 넘치지 않을까. 확실히 동갑과 갖는 풋풋한 만남도, 나를 더욱더 어른스럽게 보듬어 줄 오빠와의 연애도(물론 오빠라고 다 성숙한 것은 아니며 사람에 따라 다르다) 다 저마다의 특징과 좋은 이유를 갖고 만나게 될 것이다. 아직 연하는 잘 모르겠지만. 아무튼 우리는 그렇게 계속 누군가를 만나고, 그 누군가와 눈떠보니 어느새 깊은 사랑에 빠져있다. 누군가에게는 동갑인 사람이 나에게는 멋진 오빠고 내게 철없어 보이는 동생이 누군가에게는 멋진 동갑내기 남친이기도 하다. 누군가에게는 몇 살 차이 안 나는 남자 사람이, 내게는 아주 많은 나이 차가 나는 멋진 남자이기도 하다. 뭐 그런 것 같다. 인연이 연인이 되고 그 과정이 되기까지 우리는 무수히 많은 관계 속에 얽혀있다는 것. 사랑이 진행 중이지 않거나 아예 원하지 않는다고 해도 괜찮다. 이들의 마음도 충분히 이해한다. 나 자신과 연애하는 기분을 느끼며 사람과 사람 사이 관계에 얽매이지 않고 당당하게 살아가고자 하는 선택도 값지고 멋지다. 왔다 갔다 하는 롤러코스터 같은 감정의 소모를 지겨워하는 사람들의 마음도 모르는 건 아니니까. 내 친구 S는 연애하면서도 항상 "야, 나 연애 진짜 그만하고 싶어."라는 말을 달고 산다. 연락이 잘 안 될 때 연락을 기다리게 되는 그 감정도 싫고 혼자 있고 싶은 시간에도 데이트하러 나가야 하는 게 너무 귀찮다며. 그럼 헤어지라는 답을 건네주면 많이 좋아해서 그럴 수 없다는 말을 내뱉는다. 무척 어이없었지만, 그 말을 내뱉던 친구의 모습이 귀엽기도 했다. 꼭 연애가 아니어도 사랑에 빠지면 작은 상황 속에서도 그 상대의 모든 구도와 채도가 완벽해 보이고 남들은 공감할 수 없는 나만의 사랑 포인트가 생긴다.

사랑은 가끔 감정적 호소를 하게 만들고 심적 어려움에 빠지게 만들지만, 그 사랑의 포인트가 다시 좋은 감정으로 되돌려 놓는다. 서로의 눈을 바라보며 눈빛을 주고받을 때의 전율과 단둘이 처음 같이 밥을 먹거나 오랜 통화로 소소함을 나눌 때, 바로 그런 날이면 도파민이 온몸에 넘쳐나고 행복 에너지가 최상에 달하게 된다. 인생이 살맛 나고 모든 것이 아름다워 보이는 환상 그 자체이다. 그때가 그 누구에게 어느 순간에 다가올지 모른다는 게 참 기묘한 일이다. 모르겠다. 내 사랑의 때는 나와 사랑을 나누게 될 사람과 바로 내가 정하고 싶다. 각자의 사랑으로 찾아온 이들과 행복한 추억을 많이 만들어 갔으면 좋겠다. 소중한 시간이고 그리워할 시간이니까.

주변 유부녀 이모들이 남자를 많이 만나볼 시간이 두둑이 남아 좋겠다는 이야기를 건넬 때가 있다. 한 남자와 오래 연애할 수도 있지 않으냐고 대답하면 "세은아, 그게 뭐든 간에 결혼 말고 연애만 하는 게 미친듯이 부럽다고!"라며 아련하고 약간의 성질이 담긴 눈빛을 보낸다. 그 이모들과 대화할 때면 귀엽다고 느껴진다. 나와 같은 시절이 있었을 텐데 어느새 가정을 이루고 한 남자의 아내가 되어 가정을 꾸리기 시작하다니. 나는 감히 그날들이 상상조차 되지 않지만, 뭐 언젠간 결혼 정도는 하지 않을까. 내 남편은 정말 고생이 많을 것 같네. 서로가 서로에게 좋은 사람이 되고 싶게 만드는 연애. 모두에게 적당한 날에 따뜻하고 아름다운 그때가 찾아오길, 이미 찾아왔기를 바란다. 내가 사랑이라는 감정에 모든 정신을 빼앗길 날이 온다면 기꺼이 빼앗겨야지.

모두가 살면서 겪게 될 그러한 것들

나는 내 주변과 세상의 모든 것을 아름답게 바라보고 최대한 이해하려고 노력한다. 그런데 문득 인생 자체는 그리 아름다운 게 아닐 수도 있겠다는 생각이 들었다. 몽상가들이 꿈꾸는 넓은 세계만큼 대단함이 비례하거나 사랑만 넘칠 수 없다는 생각도 연이어 들었다. 크고도 작은 부정적인 감정들에 휩싸여 종종 속이 울렁거리는 때가 있기 때문이다.

나는 전문대학교 즉, 2년제를 졸업했다. 나는 2년이 금방 지나갈 거라는 사실을 잘 인지하고 있었다. 그래서 학생회에 들어가 축제 MC를 보고 어느 때는 나가서 춤도 추며 학과 일을 즐겼다. 강의를 들으며 딴짓도 열심히 했고 발표만큼은 동기들이 믿고 맡길 정도로 나름 잘했다. 내가 발표를 할 때면 분명 의도한 적이 없음에도 웃음을 줄 때가 많았고 동기들의 웃는 모습이 좋아 열심히 했었다. 내 방식대로 잘 놀았고 방학도 즐겼다. 학교에서 추억될 만한 것들은 웬만큼 다 했고, 선배나 후배와 교류도 할 만큼 한 것 같다. 그리고 바깥세상을 꿈꿨다. 대학 생활의 시간이 짧다는 걸 알면서도 더 큰 세상에 나가 있는 이들을 보며 부러워하고 기대했다. 내가 여유로운 방학을 보내고 있을 때조차 다른 세상 사람들은 부지런히 일하고 자신의 꿈을 실현해 간다는 게 가끔은 내가 뒤처지는 것 같은 기분을 느끼게 했다. 그리고 이제는 사회생활을 하고 있다. 내가 하고 싶던 일을 하고, 이렇게 글을 쓰며 내 꿈을 실현해 갈 용기가 샘솟는 것과 한 단계씩 나아지는 내 모습, 이런 어른이 되어 가는 기분은 어느 것과 비교할 수 없을 만큼 좋게 느껴졌다. 그러나 방학이 없다는 것, 내가 좋아하는 백팩 하나에 청바지를 입고 다닐 수 없는(물론 어마어마한 오피스 룩을 입는 것은 아니다) 직장 등 작은 것들에서 시작된 마음이 대학생들을 부러워하게 만들었고 가끔은 부러움을 넘어서 심란하기까지 했다. 나와 친한 동생들은 과제에 허덕여 힘들다며 제발 졸업하고 싶다고 말한다. 당사자들은 벗어나고 싶어 하며 나 역시 거쳐 간 과정임에도 나는 그게 참 부러웠다. 여전히 대학 생활 중인 친구들이 불러가게 된 대학축제에서도 그들이 익숙해져 있는 그 상황이 내게는 낯설어 한참이 지나서야 방방 뛰고 놀 수 있었다. 이 마음은 살면서 겪게 되는 수많은 일과 감정 중 '감정'에 해당하는 마음이겠지 싶다. 우리는 모든 상황에 완벽하게 들어가 있을 수는 없다. 대학생들은 직장인의 삶, 프리랜서의 삶, 자아실현을 제대로 하며 인생을 즐기고 있는 이들의 삶에 완벽히 들어갈 수 없고 대학생이 아닌 이들은 여러 신선하고 즐거운 경험을 쌓으며 자유분방하고 유쾌한 대학생의 삶에 완벽히 들어갈 수 없다. 대학원생도 대학생의 삶에 완벽히 들어갈 수 없다. 우리는 자신이 가진 것에 지나치게 뿌듯해하기도 하지만 자신이 갖지 못한 것을 지나치게 동경하거나 부러워하는 것 같다. 나도 조금은 그렇듯. 막상 겪어 봤거나 겪지 못한 상태에서 겪게 된다고 하더라도 결국 별것 아니었다는 걸 깨닫게 될 것임에도 불구하고 내 상황이, 내 것이 아니라서 그런 감정을 느끼곤 한다. 그래서 나는 내가 하는 일이나 상황, 남이 하는 일이나 상황을 다 별것 아니라고 생각하기로 했다. 내가 스스로 낸 결론이 주는 이득은 내가 하는 일에서는 자만하거나 안주하지 않게 되고 남의 일에 있어서는 그 일을 부러워하지 않게 된다는 점이다. 내가 설명한 사회인과 대학생의 일이나 상황 말고도 더 많은 일과 상황들이 존재하고 있다. 이와 같은 생각이 또 스치게 될 때가 오면 다 별것 아니라고 각자를 다독이고 다스렸으면 좋겠다. 모두가 살면서 한 번쯤은 겪게 될 일들과 감정이니 괜찮다고 생각해보자.

자신이 쌓아가는 시간을 바라볼 때 무조건 긍정적이기만 할 필요도 없다. 가끔은 냉철하게 바라볼 줄 아는 관점이 필요하다. 제일 어렵지만, 항상 중요한 것이 '적당히' 이니까. 하나하나 모든 것들이 처음이었다가 익숙해진다. 일도 사람도 여행도 다. 그렇게 살아가다 보면 또 다른 세상의 새로운 것들을 마주하고 그것들 역시 금세 자리를 잡고 익숙해진다. 예를 들면 이런 것이다. 새 직장에 입사할 때 예전 직장이 그럽고 그곳이 내가 있어야 할 곳 같았다면 어느 순간 예전 직장이 잘 떠오르지 않는다거나 그 직장의 이름을 들었을 때 조금은 낯설게 들리는 것. 분명 새롭게 맞이했던 새 직장인데 금세 익숙해져 버린 것이다. 또 다른 예시를 들어볼까 한다. 나는 처음 사회생활을 시작하고 일 년이 채워질 때쯤 나 자신에게 수고했다며 내 기준으로 꽤 비싼 가방을 선물했다. 그게 그렇게 소중하고 예뻐 보이고 좋았다. 그런데 몇 개월을 들며 익숙해지고 보니 그냥 무난하고 오래 들 수 있는 정도의 가방일 뿐이었다. 가방뿐만이 아니다. 그것이 어떠한 장소든 음식이든 기삿거리든 무엇이든 그렇다.

우리는 새로운 모든 것들을 보고 듣고 느끼고 접하며 그것이 어느새 익숙해져 우리의 삶에 저절로 스며든다. 그리고 또 새로운 것을 찾아 나서며 그렇게 우리는 각자의 '나'를 쌓아간다. 소심하던 사람이 대담한 사람으로 바뀔 수 있고, 철저한 계획쟁이의 삶을 살던 이가 즉흥적인 삶을 사는 형태로 바뀔 수 있다. 뭐 반대로 조금 더 소심해지거나 엄청난 계획쟁이가 될 수도 있는 게 우리의 쌓여가는 시간 속 변화이다. 그 모든 과정을 더욱더 제대로 와 닿게 해주는 단어가 '삶' 같다. 그 삶 속에서 누구나 나 자신이 멋진 순간 또는 부끄러워 숨고 싶은 순간이 골고루 자리 잡고 있을 것이다. 나는 내가 좋아하던 사람에게 이에 틴트가 묻은 것도 모른 채 씨익 웃어주고는 그걸 화장실 거울에서 뒤늦게 발견했다. 그 후 "아, 내가 이걸 잘 바를 줄 몰라서 아까 이에 묻었던데 혹시 봤어?"라고 굳이 말하지 않아도 될, 말도 안 되는 핑계를 덧붙여

물어본 상당히 없어 보이던 순간을 기억한다. 정말 지금 와서 생각해도 귀가 빨개질 만큼 부끄럽고 수치스럽다. 이렇게 우리는 모두 민망한 순간과 스스로 손뼉 칠 만큼 뿌듯한 순간들을 다 가지고 있는 평범하고도 대단한 사람들이다. 나는 아직 모르는 게 넘쳐나고 호기심까지 많아서 인지 나에게 다가올 일들이 미친 듯이 궁금할 때가 있다. 친구들과 밤길을 걷다보면 간질간질한 기분으로 이게 인생이고 인생 진짜 재미있다 싶은데, 아침부터 머리가 엉키고 그릇까지 깨 먹고서는 횡단보도 하나를 사이에 두고 눈앞에서 버스를 놓칠 때면 인생이 나를 열 받게 하기 위해 작정했다고 생각하며 혼자 화를 내곤 한다.

이렇게 별것 아닌 앞으로의 일들이 우리를 기다리고 있다. 오늘 보게 될 영화가 몇 년 뒤 나의 삶의 위기를 극복하는 원동력이 되어줄 수 있으며 어제 길에서 우연히 주운 적은 액수의 돈이 이주 뒤 우연히 버스카드를 두고 나왔을 때 나를 구원해주기도 한다. 지금 우연히 만나 가까운 지인이 된 누군가가 9년 뒤 자신의 남편이나 아내가 되어 있을 수 있으며 어제 들은 욕을 10년 뒤 우아하게 갚아 줄 수도 있다. 또는 그 복수의 마음을 불과 5일 뒤에 잊을 수도 있는 것이 인간의 삶이다. 눈물겹도록 행복한 여행이 30년 뒤 자식에게 들려줄 인생 이야기가 될 수 있으며 내일 쇼핑을 하겠다는 계획이 정작 온종일 잠만 자느라 물거품이 될 수도 있는 것이 우리의 삶이다. 길가에 우연히 본 꽃이 참 예뻐 검색을 했고, 좋아하는 사람과 길을 걷던 중 우연히 발견한 그 꽃을 보며 이름을 당당히 외치게 될 수 있다. 내가 내뱉은 못된 말을 6년 뒤 누군가에게 듣게 되어 그 말을 내뱉었던 자신을 반성하게 될 수도 있다.

즐겁게 책을 읽다 발견한 좋은 문장이 누군가를 위로할 수 있는 문장이 되어줄 수 있고, 오늘 들은 음악을 약 4년 뒤 우연히 들었을 때 진한 향수를 느끼게 될 수도 있다. 다음 주 먹을 음식이 그다음 주를 고생하게 할 배탈의 원인이 될 수도 있고, 지난주에 내가 도움을 건넨 사람이 약 40년 뒤 내 자식을 도와주는 인연이 될 수도 있으며 새로 산 샴푸가 이주 뒤 당신에게 반하게 될 사람에게 좋은 향을 선사하게 될 수도 있다. 엇그제 열심히 기도하고 바라던 일이 오늘 낮에 또는 오늘 밤에 갑자기 해결될 수도 있는 것이, 이 모든 것들이 다 인생이지 않을까? 수많은 상황과 사건들로 장식되는 우리의 시간이 감격에 겨워 이야기 나눌 수 있는 삶으로 완성되어 갔으면 좋겠다. 친한 친구와 몇 년 전 먹었던 음식집을 우연히 다시 찾게 되었을 때 그 반가움을 바로 전화해 이야기하고, 최근에 샀던 옷의 보풀이 얼마나 잘 일어나는지에 대해 연인에게 불평해 보는 것. 이 자잘한 이야기들을 가끔이라도 기억했으면 좋겠다. 주변을 둘러보았을 때, 또는 티브이를 보았을 때 그 많고 많은 이들 중 그 어느 누가 잘났다면 뭐 얼마나 잘났겠나 싶다. 그저 견고하고 견고하게 그리고 담대하게 살아가고 싶다. 강한 사람에게 약해지고 약한 사람에게 강해지는 이들 말고.

정작 '나'라는 사람이 인생 사는 재미를 잃었다고 칭얼거릴 날이 올 수도 있다. 그때는 그런 생각이 들 수도 있다며 나를 달래줄 사람들이 옆에 있었으면 좋겠다. 가족이든 친구든 연인이든 동생이든 그저 안면 있는 지인이든 간에. 수많은 알 수 없는 문제들이 우리를 도사리고 있겠지만 내일을 지나 내일모레가 되도록 즐겁고 흥미롭게 생활하고 있다면 '아, 감사하게도 잘살고 있구나. 내일은 또 어떤 삶을 기대하지?'라며 좋은 기운을 많이 품고 있었으면 좋겠다. 기대가 없어도 기대할 수 있는 삶이 될 수 있기를. 나는 그것밖에 바라는 게 없다. 근데 쓰다 보니 방금 문장은 사실 좀 거짓말이다. 나도 사람이라 이것저것 욕심이 생기고 금방 수그러들다가 또 새로운 욕심이 생기곤 한다. 그래도 끊임없이 내가 살아가는 이 순간들이 당연한 것이 아님을 제일 먼저 기억해야겠다. 아주 상큼한 과일주스를 마시며 내가 과일주스를 들고 마실 두 팔이 있고, 모기 물린 다리를 긁을 또 다른 다리가 있음을 감사해야겠다. 살면서 겪게 될 많은 것들을 아주 맘껏, 그리고 자연스럽게 흡수해 보았으면 한다.

여행에 대한 아주 주관적인 고찰

비행기가 너무너무 타고 싶다. 타보긴 했지만, 갑자기 또 타고 싶다. 외국이 미국의 또 다른 이름인 줄 알았던 초등학생 때가 기억난다. 여행, 여행, 여행. 그건 뭘까 여행은 설렘과 호기심으로 사람을 흔든다. 나는 해외여행 하면 이상하리만큼 그렇게 동남아를 가고 싶어 했다. 동남아만이 주는 느낌이 뭔가 매력적으로 느껴지곤 했다. 텔레비전에서 동남아로 여행 가는 이들을 보면 숨겨진 광활하고 아름다운 자연 풍경이 많아 보였다. 자연을 너무 사랑하는 내게는 크고 고풍스러운 건축물보다 좋아 보였다. 사실 그래서 유럽에는 별다른 로망을 가지고 있지 않았지만 어릴 적 보던 영화들 덕에 단 한 곳, 이탈리아만큼은 꼭 가고 싶은 바람을 마음속 깊이 품고 있다. 가서 직접 이탈리아 피자를 먹고 밤에 길을 걸으며 잘 먹지도 못하는 와인을 들고 춤을 추고 싶다. 해외를 갔다 함은 중학생 때 한 번, 스무 살 때 한 번뿐이다. 많은 인원이 다 같이 다녀와 여행이라 할 수 없는 시간뿐이며 여행이라는 이름은 내게 부족한 경험 때문인지 무관심 때문인지 문외한의 영역이다. 물론 요즘 조금씩 눈을 뜨기 시작했다. 마음만 먹으니 기차표나 비행기표를 끊게 되는 것, 그게 참 신기했다. 여행은 어쩌면 마음만 먹어도 쉽게 갈 수 있는 마음의 경계선 하나 차이 아닐까. 처음에는 왜 다들 해외여행, 해외여행 하는지 잘 알지 못했다. 어쩌면 여전히 완벽하게 알지 못하지만 분명 좋을 것이라는 사실은 주변만 둘러봐도 아주 잘 알겠다. 기대에 가득 차 계획을 세울 때부터 무사히 다녀오는 그 사이 모든 과정을 즐기는 사람들의 이야기는 행복해 보이고 잊지 못할 경험이라고 느껴진다. 그런 나는 왜 아직 제대로 된 해외여행을 가보지 않았을까? 어쩌면 않았다기보다 못했던 것 같다. 우선 성인이 되기 전까지의 시간은 부모님이 일하시느라 바빠 언니와 나를 데리고 해외여행을 가겠다는 생각조차 하지 못하셨고, 무엇보다 우리 집 경제권을 쥐고 있던 엄마는 어려운 유년 시절을 보낸 탓에 여행을 사치라고 여기며 저축하기에 바빴다. 덕분에 우리 식구는 단 한 번도 함께 해외여행을 다녀온 적이 없다. 이제 언니와 내가 엄마 아빠를 모시고 가야 할 차례가 온 것 같다.

어느새 해외여행은 유행처럼 번져가고 있다. 이제 많은 사람에게는 많은 여행지를 다녀오면 그것이 자랑거리가 되고 여행을 인생의 목표로 삼는 사람들까지 생겨날 만큼 중요한 영역으로 퍼져가고 있다. 새로운 환경이 주는 영향력은 대단한 것 같다. 대한민국에서 태어나 다른 나라를 여행하며 사는 게 목표라던 사람의 말을 처음 들었을 때는 조금 낯설고 의아했다. 그 의아함은 결국 내 생각이 좁은 탓이었다. 대한민국에서 태어났기 때문에 오히려 다른 넓고 넓은 세계를 경험하고 싶은 게 목표가 될 만한 것이다. 세상은 넓고 또 넓으니까. 나 역시도 여행에 제대로 눈을 뜨게 되면 하게 될 말이겠지. 나는 이상하게 '우리의 것', '나의 것'에 대한 지나친 자부심이 있다. 그래서 시간과 돈이 채워지기 전 내가 찾은 여행의 방법은 우리나라 돌기, 즉 국내 여행이다. 국내를 아주 샅샅이 돌아다녀 본 어른들께서 우리나라 땅에도 아름다워 숨이 막힐 만한 곳들이 많다고 말씀해주셨다. 진정으로 여행을 사랑하고 그 곳에서 얻는 큰 행복을 제대로 느낄 줄 안다면 우리나라 여행도 좋겠다 싶었고 틈이 날 때면 돌아다니고 있다. 우리나라의 아름다운 곳들에 의리를 표해줄 때 드는 기쁨이 생각보다 크고 선명하게 존재했다. "아, 이런 곳이 있는 줄도 몰랐네?", "이제는 알게 됐다!"는 대화를 나누다 보면 기분이 좋아지고 신이 난다. 새로운 곳을 내 눈앞에 맞이한 환희와 스스로 느끼는 새로운 감정이 재미있고 에너지가 된다.

몇 년 전, 어느 날에 친구와 동네에서 산책하며 수다를 나누는데 같이 여행을 갔던 사람이 SNS를 위해 여행하러 온 것처럼 사진 업데이트를 하느라 바빠하고 대화는커녕 손에서 핸드폰을 떼지 못하는 모습을 보며 같이 온 것을 후회했다는 이야기를 들려주었다. 해외여행에 '해'자도 모르던 나는 그 이야기를 들려준 친구 덕에 해외여행은 사치 부리는 걸 자랑하는 것-이라고 생각하곤 했다.

그렇게 단편적으로만 생각하던 여행에 점점 관심이 가기 시작한 것은 아마 어떤 영화를 보고 나서였던 것 같다. 여행하면서 정말 그 순간과 그 상황을 즐기는 주인공의 모습, 그 시간들 속에 진정으로 무언가를 깨닫고 느끼는 아름다운 변화의 순간들을 보며 '아, 이래서 여행이구나.' 싶었다. 이어 우물 안 개구리인 내가 하나는 알고 둘은 몰랐다는 생각에 부끄러웠다. 어쩌면 내 친구의 여행 짝꿍이었던 사람도 얼마나 좋았으면 그랬을까 싶기도 했다. 그 모든 순간을 공유하고 자랑하고 싶었을만 했겠다고. 환경은 다르지만, 항상 비슷하게 돌아가는 각자의 일상을 사는 대학생, 직장인, 주부, 아이들, 노인들의 삶은 나처럼 쓸데없이 긍정적 기운이 넘치는 사람이어도 아주 가끔은 그 비슷한 일상이 주는 권태로움에서 탈피하고 싶은 마음을 느낄 것이다. 새로운 환경, 일상에서 입지 않던 색다른 옷, 경험하고 체험하고 눈에 담는 그 모든 것들이 사람을 얼마나 변화시킬 수 있는지 영화를 보며 간접적으로 실감했던 것 같다. 영화는 영화일 뿐이라지만 일상의 프레임에서 벗어나 무언가를 새로 시도해보고 새로운 것을 맞이하는 여행이라는 것은 인간에게 좋은 자극이 되어 준다는 것에 확신이 생기게 되었다. 이어 영감까지 부여받는다는 것을 느꼈다. 주변의 다양한 사람들이 해외여행을 가는 것에 대해 스물셋 초반까지는 그저 무신경했고, 그다음으로 약간은 부럽기도 했으며, 그다음은 '그래, 어디라도 가보는 것이 참 좋은 경험이지.'라는 생각의 변화가 생긴 것이다. 이러한 단계를 거쳐 나도 드디어 진정한 '나의 첫 해외여행'을 계획하기 시작했다. 얼마나 좋은 시간과 경험이 될지에 대해 막연하면서도 기대가 된다. 마치 영화 예고편처럼. 같이 여행을 떠나고픈 이들이 생각나는 지금이다. 이번을 함께 하지 못하지만, 그 언젠가라도 함께 여행하고픈 이들. 아무튼 계획하다 보니 '기대'라는 단어가 주는 힘은 꽤 강하고 좋다. 모두가 즐겁고 안전하게, 많은 것을 배우며 여행 다니듯 나 역시도 그런 무난하고도 특별한 여행이 되길 바라며 준비해야겠다. 음, 우선 도서관에 가서 내가 갈 곳에 대한 사전지식을 조금 모아야겠다.

국내보다 해외는 더 신중해야 하는 부분이 있다. 국내를 갈 때는 간단히 알아보는 정도로도 충분하다고 생각하지만, 해외는 그 나라만의 법이나 언어 생활방식이 따로 존재하고 우리나라와 다르기 때문에 말 그대로 '지식'이 필요하다. 물론 여행을 잘 모르는 나조차 어디를 가고 어떤 마음으로 가든 함께 가는 이들만큼 중요한 것은 없다고 생각한다. 함께 가는 이들이 있다는 것은 함께 만족해야 하기에 잘 맞고 서로를 얼마나 배려할 줄 아느냐가 여행의 묘미를 좌우하지 않을까. 나 역시 여행지에 가서 내가 더 배려하고 진정한 여행의 묘미를 함께 느낄 수 있도록 하는 여행 짝꿍이 되어 줘야지. 올바른 지식과 함께 배려하는 마음을 모아 모든 이들의 여행이, 그 속에서 이루어질 비행과 숙면과 식사가 안전하고 편안하고 맛있는 벅찬 감정들로 가득하길 함께 기대한다.

각 시대마다

몇 년도가 되었든 간에 그 시대, 딱 그때마다 유행이 있고 흐름이 존재한다. 일 년 사이라면 대부분 모든 게 그대로 같다고 느끼겠지만 사실 일 년 사이에도 많은 것들이 변화하고 우리의 모습조차 그렇다. 그리고 우리는 그것을 가끔 낯설어하지만, 생각보다 자연스레 받아들이고 즐긴다. 젊은 세대로 살아가고 있는 내가 요즘 사람들을 보며 느끼는 그 많은 흐름 중 하나는 '독특한 카페 탐방'이 아닐까 싶다. 세상 곳곳이 점점 더 예술적이고 각자의 색을 띠며 아름다워지는 것 같다. 어느 카페를 가든 참 아름답고 눈길을 빼앗을 만큼 독특한 곳들이 많다. 요즘은 개인 카페는 물론이요, 체인점 카페들도 인테리어부터 서비스까지 그리고 자잘한 모든 하나하나까지 참 대단할 만큼 제대로 갖추어 심미안을 키워주고 있다. 어떤 카페가 유명하게 퍼지면 냉큼 검색 후 찾아가 즐길 줄 아는 요즘 현대인들의 삶이 멋지고 정말 보기 좋다. 더불어 알차 보이고 재미있어 보이기도 한다. 안타까운 것 하나는 한창 그 흐름에 발맞추어 놀아야 할 나이의 나와는 잘 맞지 않는다는 사실이다. 나는 한 번 먹었을 때 맛있다고 기억에 남는 음식을 한 번 더 먹는 게 좋고 그냥 아무 카페에 가서 함께 있는 상대가 누구냐에 따라 그 분위기를 다르게 느끼는 게 더 좋다. 부정적으로 표현하면 귀찮음이 많다. 카페의 위치나 디자인보다 익숙함을 새롭게 받아들이는 게 내게는 훨씬 흥미로운 일이다. 그 때문에 친언니나 친한 친구들이 어느 카페를 찾아가자는 제안을 해올 때마다 살짝 귀찮을 때가 있다. 그런 나를 고지식하게 여기는 친구들이 있다. 이 글을 적다 보니 그런 나여도 계속 놀아주는 친구들에게 괜히 미안해진다. 친구들은 그런 귀찮은 내색을 비추는 내게 겉모습과 다르게 지나친 할머니 감성을 가졌다고 놀린다. 물론 그 말을 한 친구는 나쁜 의도가 있는 것이 아니라는 것을 잘 알고 있으며, 나 역시 부정할 수 없는 사실이라 그렇다고 인정한다. 뒤이어 나 진짜 요즘 애들 안 같다고 맞받아치곤 한다. 물론 다 같이 어딘가로 이동하는 길에 그런 카페를 찾아 들릴 때면 거절하거나 무조건 가지 않을 만큼 귀찮아하고 싫어하는 것은 절대 아니다. 좋을 때도 분명히 있다. 막상 가면 내가 제일 신기해하고 내가 제일 즐거워할 때 역시 많다. 그러나 찾아가기 전까지는 확실히 내키지 않고 귀찮을 뿐이다.

시대의 흐름은 독특한 카페 탐방뿐만이 아니라 그 가짓수가 훨씬 많다. 시대가 변할 때마다 생겨나는 그 모든 흐름을 찰떡같이 따라가는 이들이 가끔 부럽기도 하고 앞서 말했듯 참 좋아 보이기도 한다. 그렇다고 좋지 않은 걸 좋다 할 수 없는 노릇이라 그들과 나를 서로 인정하는 것이 제일 중요하다고 생각한다. 인생은 그런 것 같다. 남들은 그럴 수도 나는 안 그럴 수도 있는 것들이 분명히 존재한다는 것.

예전 세대는 어떤 시대의 흐름이 있었을까 '시대'라는 것과 그에 맞는 '흐름'이라는 것이 존재한다는 게 나는 어쩜 이렇게 신기한 것일까. 열정을 가지고 사는 나도 그 흐름에 신나며 박자를 맞춰야 하는 것은 아닐까 싶은 생각도 들고 가끔은 헷갈린다. 그래도 사람들이 좋아하는 것들이 다양해지고 많아지고 특별해지는 것은 보기 좋은 일이다. 나의 다음 세대들의 그다음 세대 심지어 나의 자식이 살아갈 그 세대에는 어떤 열풍과 유행이 돌게 될까 전혀 상상이 가지 않지만 분명 존재할 것이고 그래서 역시나 신기하고 재미있어진다. 그때의 나는 더더욱 그 흐름에 발맞추지 못하고 있을 것이다. 그래도 괜찮다고 생각할 것이다. 나이 먹은 티가 날까 걱정되기는 하지만, 아무렴 뭐 어때 모두가 먹는 나이인데. 의외로 나이가 들어갈수록 흐름에 잘 맞추어 제대로 적응하고 있을지도 몰라 웃기기도 하다.

시대마다 존재하는 것, 만들어지는 것, 흘러가는 것에 애정을 듬뿍 담아 바라보고 싶다. 나도 이 시대 속에 속한 사람이니 즐겨보는 노력도 가끔은 해봐야겠다. 내 기준으로만 내 시야로만 즐기고 살았던 시간이 현저히 많았다. 오늘은 새로운 생각을 한다. '모두'의 즐거움 속으로도 빠져보는 시간을 늘려야겠다는 생각이다. 나의 것을 지키고 모두의 것을 즐기는 삶으로 빠지고 싶다. 그 속에서 헤엄칠 나와, 우리 모두의 삶을 기대한다.

사회 초년생과 이 년 차

오글거리고 웃기지만 인생이 어렵다는 생각을 어렴풋이 하게 된다. 진짜 짜증 나고 재수 없기도 하다. 심각하게 긍정적인 나를 비관적으로 만들 때도 있는 이놈의 사회생활. 누구나 겪어봤을 것이기에 요란을 떨고 싶지는 않다. 그래도 가끔 소리는 지르고 싶다.

무슨 호사를 누리겠다고 이 일을 하고 있는지 모르겠다며 한숨 쉬는 어른들이 그저 습관적인 불평을 내뱉는다고 생각했었다. 그런데 그 말은 습관이 아닌 무척 진심이었다는 걸 이제야 조금은 알 수 있게 되었다. 물론 나는 대다수 사람에 비해 좋은 상사와 동료분들 그리고 생각보다 흥미로운 업무 속에서 일하고 있지만, 청소년을 벗어난 지 삼 년밖에 되지 않은 내게는 감정 기복 심한 이를 겪는 것도 무례함이 도를 넘는 소수의 사람을 아무렇지 않은 척 마주하기도 무척이나 어렵다. 사회생활을 처음 시작할 때만 해도 나는 눈치가 정말 없었다. 물론 어느 정도는 있었겠지만, 오히려 다 처음이라 눈치를 봐야 하는 게 뭔지 조차 모른다고 하면 이해가 될지 모르겠다. 사회 초년생들이 사회 초년생 티가 나는 이유가 멋모르는 것들이 너무 많기 때문이다. 내가 딱 그랬고, 틈만 나면 조심하고 틈만 나면 신경 쓰는 정도로 타인의 눈치를 보지는 않았다. 오히려 사회 생활을 처음 시작하는 내 친구들이나 지인들은 회사에 흐름을 따라가고 눈치 보느라 신경쇠약에 걸릴 정도였지만 나는 반대였다. 밝은 성격 역시 조심은 하되 드러나는 것에 대해 이게 그냥 나의 모습이라 여기며 깊이 고민하지 않았다. 첫 직장의 모든 분들이 넉넉한 마음을 가진 분들이 대다수였기에 다들 나를 잘 받아주셨던 덕도 있다. 나 역시 민폐를 끼치지 않는 선에서 열심히 일하고 잘 어우러졌다고 믿고 있다. 덕분에 여전히 볼 만큼 돈독한 사이가 된 사람들도 있고 말이다.

그렇게 나의 첫 사회생활을 나이도 직급도 막내인 상태로 보내고, 그 후 자연스레 다른 곳으로 넘어가 이직을 하게 되었다. 이 년 차인 이곳 역시 내 나이가 제일 어리긴 마찬가지였다. 사회생활에서 힘이 되는 것은 무조건 사람이다. 이직 후 이곳 역시 좋은 사람들이 많다는 것은 내 마음을 안심 시켜 주었다. 나는 운이 좋은 사람 같다며 혼자 뿌듯해했다. 운이 좋다고 생각한 것도 잠시 나에게 눈치 주는 이 하나 없는데도 불구하고 내가 나도 모르게 눈치를 보기 시작했다. 아직 대학생

티를 많이 벗지 못해 나도 모르게 어른들을 대하는 상황에서 예의를 갖춘 말투보다 편한 언니 오빠를 대하듯 정겨운 말투가 불쑥불쑥 튀어나오고, 새로운 업무환경에 애쓰며 적응하고, 어설픈 넉살을 떨어대며 이용자를 응대하는 것 등 그 모든 것들이 아주 완벽히 강한 척하지만 어렵고 부담스러웠다. 나는 전보다 약해져 있었다. 이것이 이 년 차의 '어엿한 사회인'으로 발돋움하기 전 거쳐야 하는 필수 혼란 관문인 걸까? 대답을 아는 사람은 알려줬으면 한다. 모두의 첫 사회생활은 어땠는지, 아직 겪기 전인지, 겪었다면 괜찮았는지. 분명 작년 사회초년생일 때만 해도 아무것도 모르는 내가 직접 서류를 몇 번씩이나 고쳐가며 큰 프로그램을 계획하고 진행할 만큼 패기가 넘쳤다. 그런데 이 년 차에 프로그램 보조를 하는데도 어렵고 복잡하다고 느꼈다. 물론 일 년 차보다 전반적으로 노련미가 생긴 건 맞지만 여전히 경험이 부족한 나를 발견할 수 있었다. 이제는 실수하면 어느 이유로도 작년보다 변명이 어렵다는 사실 때문에 대단한 일을 맡은 게 아님에도 무서운 날이 있었다. 전화 응대에서 매끄럽지 못한 문장을 내뱉으면 혼자 잔 짜증이 났다. 물론 의기소침하거나 겁먹은 사람처럼 보이고 싶지 않아 더 아무렇지 않은 척 당당하게 지내지만, 어딘가 어렵고 어렵다. 스트레스를 받아 출근하기 싫어하는 이들이 보면 복에 겨운 소리를 한다고 말할 수 있다. 그런 기분을 느꼈다면 각자가 각자만의 사회생활 속에서 버텨야 하는 무게감이 있다는 동질감을 통해 이해받고 싶다. 나를 제외하고 이미 유대감이 쌓여 있던 사람들 사이에서 잘 어우러져야 한다는 생각도 나를 긴장하게 했다. 혼자 북치고 장구 치고 많이도 애를 쓰고 있었다. 스며들지 않아도 날 존중해줄 사람들이라 금세 편해졌고 이제는 긴장이 많이 풀린 것도 사실이지만 왜 어른들이 사회생활을 하면 사람이 변한다고 이야기하는지 조금은 알 것 같다. 아무도 그렇게 요구하지 않았지만 내가 스스로 변해가는 걸 발견하게 되는 그런 것. 그 기분이 별로인 건 아니다. 사람이 성숙해지고 노련해지며 능력을 키우는 일은 살아감에 있어 불가결한 일이니까. 한없이 밝고 눈치 없이 살던 내게 어른스러움이 필요하다고 느꼈으니까.

결국 사회생활 이 년 차의 걱정은 철없이 밝고 멍청한 내 모습이 사회라는 큰 영역에서 걸맞지 않아 보이는 사람으로 비칠까 걱정되었던 것 같다. 주변 모든 직장인에게 항상 엄지를 치켜세워주는 사람들이 많았으면 좋겠다. 그러면 우리는 또다시 힘을 낼 수 있으니까. 그리고 나다움을 잃지 않겠다는 다짐을 열 번 넘게 하는 오늘이다. 변하지 않을 순 없지만, 나의 중심과 각자의 중심도 때 묻지 않고 지켜졌으면 좋겠다. 나는 좋은 선배, 좋은 상사가 되고 싶다. 나에게 그런 사람이 되어준 몇몇 좋은 이들에게 정말 고맙다. 기고만장하여 가식에 둘러싸인 이의 모습은 상대도 어떻게든 느끼게 된다. 좋은 진심을 가지고 나의 일과 나의 동료들에게 마음을 다하고 열심히 해 보고 싶은 마음이다. 그리고 함께 먹는 고기는 언제라도 꿀맛이다.

열등감의 소멸을 위하여

그 어느 누가 졌다고 말하지 않았다. 그런데도 상대에 대해 부러워하는 마음과 나는 그렇지 않다는 마음. 그 마음들이 반죽처럼 뒤섞이고 썰물처럼 다가와 거대한 열등감의 감정이 품어지기 시작한다. 그렇게 시작된 열등감은 상대와 시작한 적 없는 경기에서 괜히 지는 느낌을 지속해서 받게 만든다. 진흙탕과도 같은 마음을 만드는 감정 중 감히 열등감을 빼놓고 말할 수 있을까? 사실 별것 아닌데. 나 역시 열등감을 느껴본 적이 많다. 빛나게 예쁘던 친구에게도, 내가 좋아하는 선생님이 칭찬하던 친구에게도 괜한 열등감을 느껴봤다. 엄마에게 훨씬 더 많은 인정을 받던 언니에게도 조금은 느껴봤다. 클수록 그런 내가 부끄럽기도, 언제까지 이 마음을 갖고 살 수도 없다는 생각에 열등감이라는 감정과 씨름해 보고 싶다는 생각이 들었다. 지금 와서 생각해보면 그 마음은 다행이었다. 좋은 글귀를 찾아보고 어떻게 하면 극복할 수 있을지에 대해 끊임없이 생각했다. 생각하는 와중에도 종종 열등감을 느낄 때가 있었다. 한순간에 고쳐지는 것은 아니기 때문이다. 내가 나를 훈련하는 일은 우리의 예상보다 그 힘이 세다. 그 과정만 잘 버티고 포기하지 않으면 제대로 단련되고 지금의 나보다 강해진다. 어느 댓글에서 본 기억이 있는데, '얘들아, 바보 같겠지만 '산은 산이요, 물은 물이로다.'라는 말 아냐? 말 그대로 산은 그냥 산일 뿐이고 물은 물일 뿐인데 산이 참 푸르네! 물이 시원하네! 등 그에 대한 판단은 우리가 하는 거잖아. 한마디로 아무리 별로인 일이 있어도 그건 그저 하나의 사건일 뿐이지 너희가 행복하다고 생각하면 그건 별로인 일이 아니라 행복한 일이라는 거야. 친구랑 싸우거나 다치거나 하는 상황은 그냥 상황일 뿐이고 내 기분은 내 마음먹기에 달렸잖아. 그냥 내 기분이 좋으면 장땡이라는 거야.'라는 정성 담긴 댓글을 본 적이 있다. 그렇다. 누군가에게 열등감을 느끼는 것도 이러한 이치로 해결할 수 있지 않을까 싶다. 예를 들어 내가 돈이 엄청 많은 누군가에게 열등감을 느낀다고 가정해 보자. 사실 그 사람은 그저 돈이라는 경제적 조건이 충족된 이 세상의 누군가일 뿐이다. 나는 그 경제적 조건이 충족되지 않은 나 자신일 뿐이다. 그저 그렇게 존재한다. 그런데 열등감이라는 것은 이 사람이 나보다 돈이 많아 나보다 원하는 것을 훨씬 쉽게 사고 누리는 것을 부러워하고 어느새 그 사실이 분하거나 나는 그럴 수 없다는 사실에 자책해 상대를 미워하기 시작하는 것이다. 누가 만들어낸 감정인가. 결국은 '나'가 만들어낸 감정인 것이다. 또는 상대가 너무 멋있어서 또는 예뻐서 열등감을 느낀다고 치자. 그저 그 상대는 이목구비의 매치가 잘 되어 표면적 모습이 아주 훌륭한 사람일 뿐이다. 근데 쟤는 잘생겨서- 예뻐서- 나는 저 사람보다 덜 멋있어서- 덜 예뻐서- 무언가를 얻지 못해, 무언가의 뒤처져라고 생각하는 건 결국 누가 만들어낸 것인가. 결국 그 생각을 한 '나'인 것이다. 그렇다면 열등감을 소멸시킬 방법은 간단하다. '아, 쟤는 이 시대에서 경제적 조건을 잘 갖추고 태어난 한 사람', '아, 저 사람은 출중한 외모를 가진 한 사람'이라고 있는 그대로 인정하고 나아가면 열등감을 느끼지 않게 되는 것이다. 열등감을 느끼게 만드는 원인 자체가 소멸하는 것이다. 물론 다 쉽지 않을 것이다. 수많은 노력과 연습이 절실히 필요하다. 쉽게 될 일이라면 이렇게 주저리주저리 쓰고 있지도 않을 텐데 말이다.

위에 기술한 방법 외에도 열등감을 소멸시킬 방법을 또 하나 전하고자 한다. '열등감을 느끼게 만드는 대상이 누군가에게는 아무것도 아닌 사람'이라는 것을 생각해보면 쉬워진다. 아무것도 아닌 사람이라는 것은 누군가와 상관이 없고, 신경 쓰지 않는 사람이라는 의미이다. 절대 가치가 없고 못났다는 의미와는 다르다. 적당한 예를 들어보자. A와 B와 C, 그리고 다수의 사람이 있다고 가정해보자. A가 B에게 상당한 열등감을 느끼고 있는데, C는 다수의 사람 중 또 다른 누군가에게 열등감을 느끼고 있다. 그렇다면 C에게 B는 아무것도 아니다. A는 B에게 열등감을 느끼는데 말이다. 그저 아는 사람 중 하나일 뿐. 자세히 해석하면 A 역시 C가 다수의 사람 중 누군가에게 열등감을 느끼고 있다고 해도 그 누군가에 관해 관심이 없고 자신과 상관이 없다. 이처럼 내가 열등감을 가지고 있고 대단하다고 여겨 질투까지 불러오고 비교를 불러오는 사람 역시도 다른 누군가에게는 아무것도 아닌 사람, 상관없는 사람 정도일 뿐이라는 것이다. 그렇게 생각하고 나면 정말 아무것도 아니었다는 사실과 그냥 각 개인일 뿐이라는 생각에 마음이 편해질 것이다. 열등감을 느끼게 되는 이유 중 하나가 나보다 훨씬 대단한 것 같고 그래서 생기는 질투 때문이기에 방금 제시한 방법을 지속해서 머릿속에 세뇌해 보면 좋겠다. 이 역시 효과가 있을 것이라 믿는다. 인생을 살아가며 절대적으로 필요한 연습이자 훈련이다. 열등감을 소멸시키지 못한 채 굳어져 생기는 어마어마한 부정적 감정은 타인에게도 전해질 만큼 강렬하고 자신의 중심을 흐릿하게 만들어 자신을 망가뜨린다. 소멸시켜야 할 감정임이 분명하다.

나 역시 여전히 노력하고 있다. 효과는 어느 순간 찾아온다. 내 말을 눈 딱 감고 믿어주었으면 좋겠다. 내가 스물셋이라는 나이가 될 동안 손에 꼽는 뿌듯한 일 중 하나가 스스로 열등감을 극복한 일이다. 열등감의 소멸은 본인 삶의 질을 훨씬 아름답고 넉넉하게 만든다는 것을 나는 스무 살 때쯤 아주 분명히 깨달았다. 고치는 데까지는 조금 더 걸렸지만. 나는 열등감의 감정이 생겨나려 할 때면 '오, 열등감으로 이어질 감정이 시작되는 것 같네? 이번에는 흔들리지 않을 평온한 마음을 위해 일찍이 여기서 멈추고 이 감정을 이겨낸 내 모습을 한번 봐야겠다.' 라고 나 자신에게 말을 건넨다. 한순간, 이 한 문장만의 생각만으로 그 감정이 단번에 사라지는 것은 아니지만, 그래 됐어, 됐어, 됐어, 괜찮아. 라고 생각하는 연습을 조금만 지속해서 하다 보면 용케 습관이 들여지고 열등감이 머릿속과 마음속에서 금방 소멸한다는 것을 느끼게 된다. 나는 내적 감정훈련을 그렇게 해냈고 지금은 평온한 날들이 훨씬 많다. 어차피 좋지 않은 감정, 금방 떠나보내는 것이 내게도 상대에게도 그리고 우리 모두에게도 좋은 일이다. 평온한 감정을 유지하며 건강한 마음을 가진 상태로 하루하루를 살아갔으면 한다. 그러면 그것이 진정한 승리다! 승리를 맛보기 위해 나는 오늘도 건강한 마음을 추구한다.

절대 놓치지 않을 만한 것

내가 옷에 콧물을 한껏 묻히던 그 시절부터 지금까지의 내 모습을 알고 있고 기억해주는 사람이 몇이나 될까. 그런 사람을 마주하면 기분이 좋아진다. 언제 이렇게 컸냐는 말과 함께 신기하다는 듯 나를 쳐다보는 그 눈빛 속에 마음이 뭉클해진다. 내가 구두를 샀다거나, 글을 쓴다는 걸 들으면 기특하다고 말한다. 우리는 살아갈수록 신경 써야 할 것들이 정말 급속도로 늘어나고 이유 없이 바빠진다. 그 때문에 자신의 성장 과정을 지켜봐 준 이들과도 자연스레 연락이 끊기는 경우가 다반사지만 마음과 머릿속으로는 좋은 인연으로 기억하고 있을 것이다. 옛 시절 살던 곳을 가거나 그때의 냄새를 맡게 되면 문득문득 떠오르기도 한다. 사람이 사람을 제일 믿을 수 있는 경우 역시 오래 봐온 사이인 경우가 많다. 그만큼 서로서로 지켜봐 주는 그 꾸준함의 시간은 꽤 감격스러운 일이다. 나는 어렸을 때 볼살이 매우 풍성했다. 항상 무언가 먹고 있냐는 소리도 적지 않게 들을 만큼 복스러웠다. 초등학교 때는 나를 놀리려던 남자아이가 놀릴 거리를 찾고 있었는지 아니면 진심으로 내가 무언가를 먹고 있는 줄 알았는지 내 볼을 잡고 "뱉어내! 뱉어내!"라고 할 만큼 내 볼은 음식이 들어 있는 것처럼 과하게 컸다. 그것이 언제부터인가 나에게 콤플렉스로 자리 잡았다. 겨울이면 목도리로 볼을 가리고 있던 적도 있다. 수업 시간 중 목도리를 풀라는 선생님의 꾸중에 양손으로 볼을 잡고 있기도 했다. 그렇게 가리고 싶던 그 볼을 나를 어릴 적부터 봐온 어른분들만은 귀여워해 주고 사랑해주셨다. 자신을 제일 사랑해주고, 있는 모습 그대로 아껴주는 이가 가족을 제외하고 누가 있을까. 어릴 적부터 봐온 동네 친구, 나의 어릴 적 모습을 기억하는 이모, 어릴 적 자주 가던 슈퍼의 사장님 등이 있을 것이다. 또는 남자 사람 친구, 여자 사람 친구도. 나 역시 그들 덕분에 갸름하고 얼굴 살 없는 사람을 부러워했던 마음에서 이제는 오히려 내 볼을 나름 봐줄 만하다고 생각하게 되었고(착각이 시작된 것이다) 자신감을 키우자는 생각으로 전환되었다.

어릴 적부터 봐온 누군가가 성장하고 변화해가는 나를 여전히 사랑해준다는 건 콤플렉스조차 장점으로 승화시킬 수 있는 효력이 큰 선물이다. 받는 사랑뿐만이 아니다. 내가 오랫동안 봐온 누군가의 단점을 지속해서 어루만져 주고 칭찬을 쏟아부어 아껴주면 그 상대 역시 조금은 느리겠지만 좋은 변화를 겪을 수 있다. 각자가 다른 길과 시간을 보내 두터운 길을 개척하며 살아왔지만, 기억이라는 것을 통하여 서로의 공생을 인지하고 있다는 것이 얼마나 아름다운 일인지 기억해달라는 말이 하고 싶다. 그렇기에 우리는 사람을 놓아서는 안 된다. 살아내는 시간이 늘어날수록 사람이 귀찮은 건 맞다. 나 역시 재작년보다 작년이 그리고 작년보다 지금 사람이 귀찮다. 사람을 좋아하지만, 귀찮다. 그래서 반성하게 된다. 더욱 잊지 않고 나의 옆 사람 나의 뒷사람 그 누구도 놓치지 않고 싶다. 모두가 서로에게 그랬으면 좋겠다. 물론 나를 괴롭게 만드는 관계의 사람이라면 그 관계를 놓치는 게 아니라 딱 놓아주어야 하는 것이 맞다. 머리 아프고 부담스럽고 불편한 관계는 잡고 있는 것이 더 바보 같은 일인지도 모른다. 그런 해가 되는 관계를 제외하고는 나에게 상처를 줄 때가 있는 가족도 나에게 실망을 안겨주는 친구도 나에게 간섭을 하는 애인도 최대한 다 놓지 말고 감정을 나누며 포용하고 치유해 갔으면 좋겠다. 놓치지 않을 만한 각자의 가치가 있는 이들이기 때문이다.

때는 스물한 살 겨울이었다. 조별 과제 막바지로 마음이 복잡하던 어느 때에 슬그머니 자존감이 흔들리려 했다. 그래서 내 마음을 자꾸만 어루만지려 하던 차에 생판 모르는 아주머니께서 "어머, 어려서 좋겠다, 무엇을 해도 잘할 나이 같아 학생."이라는 말을 3호선 지하철을 기다리는 라인 앞, 시험 족집게 문제를 흘깃거리고 있던 내게 정말 갑자기 그리고 너무도 뜬금없이 던지고 가신 적이 있었다. 순간 이상한 사람인가 싶었지만, 그저 풀 죽어 보이는 청년에게 좋은 말을 건네고 싶던 귀여운 오지랖을 가진 아주머니였던 것 같다. 그 말은 내게 많은 힘이 되었다. 나도 나이가 들었을 때 조금은 주책일지라도 젊은이들에게 그런 좋은 말을 던져 작은 희망을 주고 싶다고 생각하게 되었다. 어쩌면 그 아주머니도 사람을 놓지 않고 있었기에 사람에게 관심을 가지고 그런 이야기를 던질 수 있으셨던 것 아닐까? 그 덕분에 나 같은 사람이 힘을 얻게 되었고 말이다.

이직한 뒤 만난 전 직장의 상사분께서 왜 연락 한번 없이 조용하냐고 물어왔을 때도 비록 진짜 나의 연락을 기다린 것이 아니라 하여도 그 순간만큼은 '나'라는 존재를 놓지 않아 준 것 같아 고마웠다. 사람과 사람이 사는 이 세상에서 사람이 사람에게 사랑을 베풀고 마음을 베풀 수 있는, 서로를 놓지 않는 세상이 되었으면 좋겠다. 사소한 일이지만 나 역시 내가 더 잘하려고 누군가의 도움을 모른 척했던 적이 있고 그렇게 나 자신에게 한심한 감정을 느꼈던 적이 있었다. 나는 분명 다 같이 잘되고자 하는 사람이었는데 어쩌다 내가 더 잘되고자 이를 악물고 있는가에 대해 이틀 밤을 고민했던 적도 있다. 조금이라도 촌스럽고 정겹던, 모두를 붙잡고 함께 나아가며 웃어댔던 우리의 모습으로 돌아갔으면 좋겠다. 우리의 순진하고 순했던 그 시간으로. 절대 놓치지 않을 만한 것은 바로 사람이다. 교회에서 청년부 회장이라는 자리를 맡았을 때도 끝까지 제일 신경 쓰고 데리고 가야 하는 것은 '사람'이라고 말해준 교회 오빠 덕에 나는 조금 더 사람들을 사랑하고 작은 부분에서 챙길 줄 알게 되었다. 대단하거나 엄청난 일을 해내지는 못했지만, 꾸준히 사람을 챙기는 좋은 습관이 들었고 고마워하는 이들이 있었다. 교회 오빠가 던져준 그 말을 들은 것에 대해 절대 후회하지 않는다. 당연하지만 너무도 쉽게 잊는 것이 사람이므로.

우리 엄마는 종종 내게 인생을 살다 보면 예기치 못한 일들이 너무도 많이 생겨난다고 경고하신다. 맞는 말이겠지만 아직은 '아, 이게 엄마가 말한 그때구나.'라는 것을 느낄 만큼의 일은 없었다. 있어도 체감하지 못한 걸까? 그건 없었다는 게 맞겠지. 좋은 일은 예기치 못하게 다가와도 오히려 우리를 기분 좋게 만들지만, 화가 나거나 마음 졸이게 만드는 일이 다가오는 것은 좋지 않은 마음을 배로 들게 만든다. 그 예고되지 않은 것들을 두려워하며 살 필요는 없지만 두려움이 아예 없을 수는 없다. 그래서 놓지 말아야 한다. 나의 사랑하는, 오래 봐온 이들을 말이다. 내가 놓지 않은 내 사람들이 내 곁에 있기에 그 두려움과 좋지 않은 일이 들이닥쳤을 때 의외로 가뿐하게 이겨낼 수 있게 될 것이다. 그런 시간이 분명 온다. 내가 놓지 않고 잡은 사람들 덕에 내가 살아가게 되는 날이. 옆에 아무도 없는데 혼자 행복하고 혼자 건강하면 무슨 의미가 있겠냐는 생각이 든다. 물론 나 먼저 행복하고 건강한 것도 중요하다. 그 조건이 충족되었다면 이어 주변 사람들을 아끼기 시작하는 것이다. 놓지 말자. 나는 나를 무참하게 놓아버리는 사람이 생기면 마음이 아플 것 같다. 그러한 시간도 다가오겠지만 그리고 그걸 겸허히 받아들이게 되는 날도 오겠지만 아직 나는 놓고 싶지 않다. 마음 불편한 사람을 진심을 이해해보는 일, 오늘 친구와 먹는 밥 한 끼, 일 분도 걸리지 않을 부모님께 안부를 묻는 시간, 맛난 것을 참지 않는 것 등. 절대 놓치면 안 될 일들 역시 우리 주변에 널리고 널렸다. 그러나 제일 중요하게 놓지 말아야 할 것은 사람이다. 나는 오늘도 이렇게 주절거리지만 멀리 떠나간 마음을 회복시키는 이야기가 될 수 있기를 바라고 있다.

봄날 같은 날들로 채우기

누구나 자신이 생각하는 봄날이 있다. 유독 행복하고 일이 잘 풀리며 희망으로 가득 차게 되는 날들과 그 시기. 나는 아직 내가 계약직의 자리에서 일하고 있기에 오히려 더 열심히 배우고 열심히 일하고자 하는 마음을 가지고 있다. 그리고 그 조금은 어설픈 열정을 누군가 알아줄 때 봄날 같은 기분을 느낀다. 식구들을 위해 청소한 뒤 기뻐하는 엄마 아빠를 볼 때도 봄날 같은 기분을 느낀다. 내가 좋아하는 사람이 날 좋아한다는 이야기를 들었을 때도 봄날 같은 기분을 느낀다. 봄뿐만이 아닌 여름과 가을, 겨울 모두 봄날과도 같이 좋은 날들이다. 흔히 하는 말과 자주 듣는 말들이 섞여 '나'라는 자아를 만들고, '나'의 생각을 만든다. 그런 본래의 것들과 또 새로운 것들이 우리를 우리답게 그려내고 색다른 생활반경을 만들어낸다. 이게 당연한 사실 같지만, 엄청 흥미롭고 재미있는 일이기도 하다. 몇 년 뒤, 몇십 년 뒤가 지나도 최소한 나 자신이 나를 너무 좋아하고 아껴서 못 견디는 사람이 되고 싶다.

많이 어려울 것이다. 매번 나 자신을 잃을 수도 있다. 그렇지만 그 상황 속에서도 나다울 수 있도록 매 순간을 기억하고 되새기며 나 자신에게 자상해지려 한다. 물론 나를 아끼든 말든 그 모든 생각과 잡념, 목표에서 벗어나 가만히 넋 놓고 있는 순간도 긴 인생의 시간 속에 끼워 넣어 살아보고 싶다. 내 친구도, 내가 모르는 이들도 그리고 나 역시도 계속 시간을 쌓아가다 보면 많은 변화가 생길 것이다. 작년의 나와 지금의 내가 어딘가 모르게 다르듯 내후년의 나는 지금과 더 달라질 것이다. 변화가 당연하고 그 변화 속에 적응해간다. 하던 일이 잘 풀려 자신의 명성이 높아지고 좋은 집을 사게 되고 큰 부를 누리는 그런 화려한 일들만이 자신의 봄날은 아닐 것이다. 하고 싶은 걸 마음껏 하고, 보고 싶은 사람들을 보고 사는 일상도 봄날이다. 모두가 이런저런 날들 속에 나다움을 믿고 알고 살아가기를 진심으로 바라는데, 내가 고민되는 것은 나다움을 믿는다는 부분이다. 아니, 이게 생각보다 어렵다. 그래서 나는 조급할 때가 있다. 나답게 사는 걸 연습하고, 이제는 나답게 살고 있다고 자부했는데 그게 아닌가 싶은 날이 있다. 하는 일들에 대해서도 가끔 의문이 들 때가 있다. 그런데 누군가가 나와 같은 고민을 올려둔 글에 달린 또 다른 누군가의 댓글을 보게 되었다.

'난 23살, 24살짜리들이 저는 늦지 않았느냐고 질문하는 게 가슴 아프다. 나도 그때 그랬거든. 전혀 늦지 않았는데 왜 세상은 그런 걸 안 알려주는 걸까. 뒤늦게 나이 들고서야 그때의 내가 늦지 않았었던 거라고 깨닫게 하는지, 전혀 늦지 않았어. 남들 인생 비교해서 뭐해 걔네 졸업할 때 너 졸업하고 걔네 결혼할 때 너 결혼하고 걔네 애 낳을 때 너 애 낳고 걔네 죽을 때 너 죽을래? 이거 정해져 있는 거니? 다 같이 가는 인생 경주야? 네 인생인데 도대체 어딜 보고 달리는 거니? 걱정할 것 없어. 네 인생이고 네 목표를 향해 가는 거야. 앞으로 열심히 달려.'라는 진심과 위로가 담겨있는 댓글이었다. 늦었다고 생각해온 건 아니었지만 어딘가 모르게 조급하던 내 마음을 침착하게 해주는 좋은 말이었다. 이래서 인생 선배가 필요한 것 같다. 한창 어린 시절을 보내고 있다곤 하지만 나 또한 절대 어리다고 말할 수 없는 나이가 되어 어른 중의 어른, 인생 선배 중의 선배가 되어 있을 것이다. 그것을 늙었다고 표현하기보다는 쌓여가는 것이 많다고 표현하는 내가 되기를, 그리고 나보다 더 아직 어린 시간을 보내고 있을 누군가도 이 글을 보며 좀 더 미리 깨닫게 될 수 있기를 바라본다. 이미 그렇게 살고 있다면 굳이 내가 말하지 않아도 잘하고 있다. 하품이 나온다. 어떤 어른의 삶이 대단한 걸까에 대해 고민하니 갑자기 지루하고 고단하다. 그냥 나는 오늘을 살아가야 하나 보다. 다들 생각을 멈추자. 어떤 식으로든 살아가게 되니까. 선연히 다가오는 미래를 굳이 앞지르려 하지 말자.

생각은 여기서 그만하고 소싯적 그때 더 집중할 걸 그랬다는 후회를 남기지 않기 위해 화장실에 들어가 개운하게 양치하며 나의 치아 관리에 집중해야겠다.

제2부
어떠한 날들과 이야기

내가 좋아하는 것

좋아하는 것이 많다는 것은 보기 좋은 일이다. 나는 꿀떡을 무척이나 좋아한다. 친한 언니들이 떡 먹을 일이 생길 때면 꿀떡은 나에게 양보해줄 만큼 좋아한다. 그 달콤한 꿀이 들어 있는 것과 하나의 색깔이 아닌 무려 세 가지의 색이 있는 것까지도 다 좋다. 어릴 적 무심코 꿀떡을 먹었을 때 엄마가 몇십 개를 더 줬으면 좋겠다고 생각할 만큼 맛있었다. 실제로 몇십 개를 먹는다면 분명 체할 텐데 말이다. 아무튼, 추석에는 왜 송편을 먹는지 차라리 꿀떡을 먹었으면 좋겠다고 생각했다. 그런 내가 시간이 지날수록 다른 떡들에 도전하다 보니 자연스레 꿀떡은 먹으면 좋지만, 굳이 먹지 않아도 괜찮은 떡 정도로 나와의 관계를 유지하게 되었다. 그렇게 성인이 되고 일 년 반 정도의 시간이 흘렀다. 우연히 허기짐의 기분을 핑계 삼아 떡집에 들르게 된 날이 있었다. 갑자기

이끌려 들어간 떡집에서 막상 먹고 싶은 떡이 크게 눈에 띄지 않던 나는 그나마 잘 먹었던 꿀떡을 사 들고 나왔다. 집에 도착하자마자 그 미끈거리는 기름을 감수하고 손으로 두 개를 들어 입에 넣고 씹는데 아니 이게 그렇게 맛있는 거였다. 그 잊고 지내던 맛있음의 희열을 다시 느끼던 순간이 생생하다. 그리하여 꿀떡은 다시 내가 좋아하는 떡으로 제대로 자리 잡게 되었고 종종 사 먹는 횟수조차 다시 늘어갔다. 자신이 좋아하는 건 그 어느 때도 다시 좋아하게 될 수 있는 거라는 생각이 들었다. 사실 떡 말고도 내가 좋아하는 것은 무척이나 많다.

지금 다 같이 떠올려보자. 나는 자연, 책, 나의 카메라, 나의 수많은 일상 이야기가 담긴 일기장, 나의 사람들, 혼자 있는 시간, 스탠드 조명 밑 나의 책상, 커튼 등이 있다. 좋아하는 것들을 계속해서 마주할 수 있는 환경을 만드는 것도 좋아하는 것들을 제대로 누릴 수 있는 방법이 아닐까 싶다. 푸른 초록빛의 나무와 숨 쉬는 게 즐거워지는 '산'이라는 자연, 정말 좋다. 수많은 장르와 특별한 제목 그리고 그 안에 이야기를 적어낸 작가들을 통해 얻는 감정, 이 모든 것을 포괄하는 책 역시 정말 좋다. 내가 직업적으로 깊은 관계가 있음을 빼놓고 보아도 책은 참 좋고 소중하다. 바쁠 때면 책을 읽지 못하는 갈증에 허덕인다. 나의 카메라의 경우 많지 않은 양의 월급 덕에 크게 엄두 내지 못해 갈등했지만, 그 모든 찰나의 순간을 더욱더 생생하게 담고 싶은 욕망과 욕심에 구매한 소중한 나의 고가 물품이다. 카메라를 들고 있을 때면 모든 순간을 기억하게 돕는 매개체가 내 옆에 딱 붙어 있다는 든든한 기분이 든다. 그래서 카메라가 좋다. 일기장은 두말하기 입 아프다. 모든 날의 이야기가 담겨있다. 지금은 잊고 있는 그 날들의 감정, 사건, 곁에 있던 이들. 그 모든 것을 기억하고 추억할 수 있게 돕는 것이 바로 일기장이다. 지금의 내가 있을 수 있게 지탱해주는 것이 그 기록이지 않을까 싶다. 나의 사람들이란, 나는 어딘가에서도 언급했을 것 같은 말이지만 아는 사람은 많지만 깊은 사람은 몇 없다. 그래서 더 나의 사람들이 애틋하고 소중하며 챙기게 된다. 어릴 적부터 함께한 교회 친구들이 내 사람이라 여길 수 있는 사람 중 일부인데, 이제는 교회에서 만나지 않아도 따로 자주 보고 만나 이야기하는 사이로 이어져 있다. 내게 참 애틋하다. 모두가 깊은 관계를 맺고 있는 사람들을 어디에서 만났는지 궁금하다. 나는 직장에서 만나 사적으로 계속 만나는 사람도 있고 대학교 때부터 지금까지 계속 만날 만큼 편하고 소중한 친구도 있다. 어느 사람들은 동호회에서 만나 인생 친구가 된 경우, 고등학교 친구의 인연, 교회뿐만이 아닌 절 친구 등 다양했다. 사람과 사람이 만나게 되는 인연의 끈은 참 신기한 것 같다. 다음 내가 좋아하는 추상적인 혼자만의 시간은 내게 정말 중요하고 없어서는 안 될 나를 사랑할 수 있는 나만의 것이다. 혼자 방 안에 있거나, 가끔 혼자 카페를 가거나, 혼자 산책을 하거나 그 어떤 작은 시간이라도 혼자 있는 나만의 시간은 참 좋다. 물론 밖에서 혼자 밥은 잘 못 먹지만 그 외에 혼자 하는 것은 다 잘한다. 타인과 있을 때 느끼지 못하고 알지 못한 또 색다른 나 자신을 발견하기도 하고, 혼자 정리하고 싶은 것들을 생각한다. 내가 겪은 것, 겪게 될 것, 겪고 싶은 것에 대해 생각하는 것도 무척 흥미롭고 충전이 된다. 그렇게 나는 혼자만의 시간을 아낀다. 혼자 있을 때 프랑스 자수를 하는 친구를 보고 상당히 놀랐던 적이 있다. 나는 혼자서 누군가를 줄 선물을 준비하거나 책을 읽고 사진을 찍은 적은 있어도 혼자 프랑스 자수를 하는 생각은 해본 적도 본 적도 없었다. 프랑스 자수를 두던 친구 덕에 타인의 혼자 있는 시간이 살짝 궁금해지기도 했다. 스탠드 조명 및 나의 책상을 좋아하는 것은 아마도 나에게 좋아하는 것 1순위나 마찬가지인데, 이는 혼자 있는 시간과 연결이 될 수도 있겠다. 하루를 마친 뒤 스탠드 조명을 켜고 딱 자리에 앉았을 때의 그 책상의 분위기와 그 안정감 있는 순간이 내게는 너무 큰 행복이다. 하루를 무사히 마쳤다는 안도감과 뒤이어 다가오는 평온함, 온전한 나의 것 앞에 있는 그 순간이 소중하지 않을 수 없다. 커튼은 펄럭거리고 은은하게 방을 감싸는 느낌이 좋아서 관심이 가며 좋다. 이사를 온 뒤로는 블라인드로 교체하는 바람에 볼 수 없어졌지만 블라인드 만에 장점도 있으니 넘어가겠다. 이 외에도 내가 좋아하는 것은 무척 많다. 분홍색을 좋아하고 짧은 손톱을 좋아하며 아주 가끔 몽땅 밤새우는 것을 좋아한다. 갑자기 자는 낮잠도 좋고 친한 친구나 언니와 익숙한 동네에서 수다 떠는 일도 자주만 아니라면 좋아한다. 아무쪼록 모두가 좋아하는 것의 가짓수가 많아지길 바란다. 그래서 좋아하는 것들을 유지하고 사는 것만으로도 부족한 시간이 되길, 나 역시 누군가의 좋아하는 것 안에 포근하게 속할 수 있기를 소망해 본다. 별로인 것, 어렵게 끌고 가는 중인 것들 모두 내려놓고 좋아하는 걸 생각하며 미소 짓는 밤, 그리고 그 생각들을 통해 편안히 잠드는 밤이 많아질 수 있기를 기도한다.

생각이 많다

내가 나 자신에 대해 뿌듯하다고 생각하는 것은 생각이 많다는 것이다. 처음에는 이것이 나의 명백한 단점이라고 여겼다. 가끔 친한 이들에게 핀잔을 듣기도 하고 수많은 생각이 나의 감정 기폭제로 작용할 때가 있어 어쩔 수 없는 단점 같았다. 꼬르륵 소리가 나는데 배고프지 않다 우기는 것 마냥 생각 많은 걸 숨기려 하기도 했다. 숨겨지지 않는다는 것도 모른 채. 인정하기 싫은 부분이었다. 생각이 많다-라는 말은 성격이 피곤한 사람과도 같이 해석되곤 했으니까. 사회생활을 시작하며 호탕하고 조금은 넉넉한 사람으로 비치는 게 좋다고 생각했다. 그래서 나름 쿨하고 생각 없는 척 지내지만 사실 나는 생각이 아주아주 많다. 그것도 정말 해야 할 생각들보다 쓸데없는 생각이. 그리고 이것이 나의 본래 모습이다. 그토록 숨기고 싶어 했는데 지금 이렇게 무난하고도 행복하게 살아갈 수 있는 이유를 생각하면 쓸데없는 생각이 많은 덕이다.

쓸데없는 생각들 속에서 가끔은 좋은 것들을 발견하기도 하고, 나답게 사는 법에 대해서도 터득하게 되어 최소한 내가 내 마음에 드는 사람으로는 살아가고 있다. 생각이 많으면 많은 대로 장점이 있으니 나와 같이 생각이 많은 이들은 걱정하지 않았으면 좋겠다. 생각 없음, 생각 없이 산다는 것? 그것 역시 좋다. 모든 일에는 장단점이 존재하고 우리는 그 장단점을 모두 겪으며 자신의 삶을 선택하니까.

그리고 이번에는 일기에 관해 이야기하고 싶다. 어느 곳에선가 스물일곱 살에 쓴 일기를 마흔이 다되어 읽었더니 정말 색다르다는 감회의 글을 본 적이 있다. 나는 아직 스물일곱조차 되지 않았지만, 가끔 팔 아프게 몰아서 쓰고 별말이 다 들어 있는 일기를 스물일곱 살이라는 나이에도 과연 쓰고 있을까 하는 생각이 들었다. 그 나이가 되어 요즘 적는 일기를 읽으면 또 무슨 생각이 들까 하는 궁금증도 들었다. 내가 생각하는 나에게 빼놓을 수 없는 단어는 '생각'이다. 그놈의 생각, 생각, 생각. 일기를 꿋꿋하게 써 나아가는 이유는 생각만으로는 잊히기 쉬운 지난날에 대한 애정이나 추억들에 대한 예의를 지키기 위함이다. 기록 안에 담긴 모든 것들이 지금의 나, 지금의 우리를 살게 하는 거라고 여기며 이십 대 초반을 보내고 있다. 어떤 방식으로든 기록이란 인간에게 꽤 중요한 요소이다. 기록을 의지하며 살아가는 사람들 역시 많다. 개인마다 추구하는 기록의 방식은 있겠지만, 기록 자체는 우리에게 의미가 큰 인생의 에너지원이다. 에너지원이라 말하는 기록이 나에게는 일기이다. 물론 사진과 동영상이라는 기록도 있다. 지금 책상에 앉아 내 생각을 조곤조곤 끄적여 두었던 이년 전의 일기를 보면 내가 어떤 생각을 하고 어떤 감정을 느꼈는지 제대로 바라볼 수 있어 무진장 새롭고 그때와 또 다르게 변한 나를 발견하여 재미있기도 하다. 인간은 본인을 본인 자신도 낯설어하는 존재인가 보다. 몰아 쓰지 않으려 침대에 눕기 전 최대한 일기장을 펼치고 있지만 물론 귀찮다. 꼬박꼬박 쓰는 일기란 일과 중 세수와 양치만큼의 필수적 요소는 아니어서인지 미루게 될 때가 아무래도 많다. 미루어서라도 결국 끝까지 써내는 일기는 며칠 뒤, 몇 주 뒤, 몇 년 뒤 나에게 좋은 성장 자양분이 된다. 마치 식물처럼. 아무튼 그때의 내가 그리워질 때면 또는 잊고 있던 날들을 떠올리고 싶은 순간이 다가올 거라 예상된다면 일기 쓰는 것을 추천한다. 아무도 볼 수 없게 하는 게 가능하다면 최대한 자신의 민낯과도 같은 제일 솔직한 마음들을 드러내 담아봤으면 한다. 일주일 뒤에만 봐도 그렇게 신기할 수 없다.

우리에게 주어진 수많은 날을 머릿속 기억만으로 저장하기에는 잊힐, 잊고 살날들이 훨씬 많을 것이다. 좋은 날을 기억하도록, 내게도 이런 날들이 있었음을 제대로 알고 있을 수 있도록 일기를 써보는 것을 추천한다. 누군가의 솔직한 일기를 읽어보고 싶다. 자신의 일기를 부끄러워하지 않고 보여줄 수 있는 이가 있다면 언제든 두 팔 벌려 환영할 것 같다. 나는 일기를 통해 내 감정에 집중하고 솔직할 수 있었고 그 순간들을 통해 더 나답게 살아가고 있다. 아마 당분간은 멈추지 않을 일기를 쓰는 일, 모두와 함께하고 싶다. 언젠간 자신이 쓴 일기를 낭독하여 모두와 나눌 수 있는 솔직하고 용기 있는 이들과 만남의 장을 갖고 싶다.

친구라는 명분

친한 사람들과 있을 때면 다른 잡생각이 단 하나도, 티끌만큼도, 아주 조금도 떠오르지 않는다. 나의 경우는 그렇다. 생각 부림, 멋 부림, 노력 부림 따위 존재하지 않는다. 친구란 꼭 동갑내기를 의미하는 것은 아니다. 친한 언니 오빠 동생들까지 모두 포함되는 단어다. 오래 알고 지낸 친구 중 일부는 이제 안부 하나 주고받지 않는 사이가 되었다. 그렇지만 서로를 싫어하는 것은 아니다. 그저 서로서로 신경 쓰지 못하는 사이가 된 것뿐이다.

길고 긴 인생에서 우리가 만나고 헤어지는 인연이 제대로 세어보면 얼마나 많을지 감이 잡히지 않는다. 골머리를 앓게 하던 이도 있었고 어느 순간 확 식어버린 관계도 있으며 서로에게 고마운 존재지만 연락을 지속해야 할 이유를 찾지 못해 멀어지기도 한다. 편하고 좋은 사이인데 서로가 바쁜 탓에 순식간에 소홀해지기도 한다. 우리가 잊고 있는 사람들이 우리 곁에 있는 사람들의 수보다 월등히 많지 않을까 생각해 본다. 이제는 그저 멀리서 그들과 함께했던 예전을 떠올리고, 오랜만에 만날 기회가 생길 때면 다 같이 웃으며 밥 한 끼 거뜬히 먹는 정도가 전부다. 나는 그것이 이상하게 씁쓸하거나 아쉽지는 않다. 모든 관계를 언제까지나 끌고 갈 수 없다는 것을 일찍 책을 통해 배웠다. 친구가 내 돈을 떼먹어도 친구라서, 내 욕을 했어도 친구라서, 최선을 다해 기뻐해 주는 것 역시 친구라서, 성인이 되고 처음 좋아하게 된 남자가 하필 친구와 같았을 때 어떤 노력과 시도조차 하지 않고 포기한 것도 친구라서, 엄청난 식욕을 짓누르고 맛난 걸 양보하는 것 역시도 그렇다. 이 모든 것들이 다 친구라는 이유로 나에게 가능했던 일들이다. 친구라서 가능하다는 것은 친구라는 존재가 그 정도로 대단하다는 뜻이다.

가끔 짜증도 나고 서운하거나 밉고 어려운 마음이 들 때도 있지만 친구라서 노력하고 좋아한다. 노력을 알아주지 않아도 괜찮다. 양쪽이 아주 똑같은 양과 질의 우정을 나눌 순 없으니까. 물론 여전히 자주 보는 친구들 역시 있다. 그중 알고 지낸 것으로는 거의 십 년, 친하게 지낸 것으로는 팔 년 정도 되는 무척 가까운 동네 친구가 있다. 어느 날 이 친구와 연락을 하던 중 갑자기 공짜 영화표가 생겼으니 다음 날 보러 가자는 말을 꺼내왔다. 워낙 친한 사이라 빨리 대답하라며 얄미운 재촉을 해왔고 집순이로 사는 내 입장에서는 대부분의 시간이 비워져 있기 때문에 공짜 영화표를 마다할 이유는 하나도 없었다. 단박에 좋다고 했다. 그렇게 오랜만에 보는 영화에 대한 기대를 안고 있는데 갑자기 너무 고마웠다. 쥐뿔도 다정한 애정표현이라고는 없는 사이의 현실 친구인 우리지만, 덕분에 입 밖으로 내지는 못했지만 그냥 그 물음이 참 고마웠다. 그런 날 있잖은가, 별 시답지 않은 질문조차 고마워지는 날. 나는 해주는 것도 없는데 공짜 표가 생겼을 때 나를 먼저 떠올려줬다는 사실이 고마웠다. 내가 뭐라고. 언제부터인가 뚜렷이 기억에 남아있진 않지만, 친구에 대한 욕심이 사라졌다. 모두와 친하게 지내고 싶어 친구 욕심을 부렸던 청소년 시기의 내 모습이 지금 생각하면 부끄러움투성이다.

성인이 된 뒤 금세 스물한 살이 되고 스물두 살이 되고 그렇게 셋까지 왔는데 그 어느 순간에 사람과의 관계를 유지하는 게 귀찮아졌다. 거짓말하지 말라고 너 사람 좋아하고 모든 사람과 친하지 않냐고 묻는 지인도 있을 것이다. 그러나 그건 표면적인 부분일 뿐이다. 그 귀찮음이 제대로 찾아온 뒤부터는 날 찾는 사람들, 내가 찾고 싶은 사람들 소수하고만 어울리기 시작했다. 그 뜻은 가까이하는 이들의 숫자가 현저히 줄었다는 걸 의미하기도 한다. 그런 작은 변화 이후에 새로 마주하게 되는 사람들과는 나도 모르게 약간의 거리를 남겨 두곤 했다. 관계에 괜히 겁먹은 게 분명하다. 그런 생각이 들던 와중에 이 친구는 여전히 날 잘 찾아준다는 사실이 안도감 비슷한 감정으로 이어졌고 감동의 쓰나미가 몰려왔다. 누군가가 날 계속 찾는다는 것, 누군가에게 지속해서 떠오르는 사람이 된다는 것은 엄마의 품이나 한겨울 이불 속처럼 아늑하고 따듯한 기분이다.

사람을 많이 안다고 해서 깊은 사람이 많은 건 아니라는 걸 누구나 알고 있을 것이다. 그래서 더 고마웠다. 물론 다른 날 그 친구에게 또 공짜 영화표가 생긴다면 그때는 나와 보지 않을 수도 있다는 것을 안다. 그래도 그런 날 중 하나에 나를 생각해줬다는 게 고마웠다. 당장 공짜 영화표 세 장이 당신의 눈앞에 생긴다면 곧바로 떠오르는 누군가가 있을까? 이쯤 되면 슬슬 가까운 이들이 머릿속에 스쳐야 한다. 그걸 노리고 썼다. 꼭 영화가 아니어도 좋다. 지금 이 글을 읽고 난 뒤 맛난 걸 먹자고, 좋은 걸 보러 가자고 제일 가까운 사람들에게 연락해 보았으면 한다. 가까운 사이라면 이미 연락도 지속해서 하고 있을 수 있지만, 연락만으로 가까움을 완벽히 증명할 수는 없다. 연락해라! 당장. 나도 지금 누군가에게 연락해볼까 싶어 핸드폰 위에 내 손을 장전 중이다.

가정

우리는 한 가정 안에서 누군가의 자식으로 태어난다. 그리고 그 자식들이 쑥쑥 자라나 어느새 가정을 꾸린다. 내가 꾸린 가정 안에서 자식을 낳아 기르고 그렇게 길러진 자식들이 새 가정을 이루며 또 자식을 낳는다. 그렇게 대물림되어간다. 가정의 형태가 다양한 것은 참 신비하고 아름다운 일이다. 반면에 나는 겁쟁이라 그런지 가정을 꾸리는 일과 자식을 낳는 일이 두렵다. 부럽지도 않다. 가정을 이룬 수많은 어른이 대단해 보일 뿐이다. 분명 평범한 가정에서 화목하게 자라온 편인데 왜 가정을 꾸리는 것에 대한 두려움이 있는지 모르겠다. 매체에 영향도 크겠지. 그래도 가끔은 내가 어떤 가정을 꾸리게 될까에 대해 생각할 때가 있다. 또래 친구들은 전혀 상상도 하지 않고 모여서 놀 때조차 단 한 번을 언급하지 않는 이야기지만 나는 가만 보면 아직 나에게 해당하지 않는 부분까지도 호기심을 품고 있나 보다. '나'라는 주체로서의 시간을 더 누리고 결혼은 천천히 하겠다는 주장을 신랄하게 펼쳐대지만, 막상 서른이 되어가는 시점에 달했을 때 결혼에 대한 조바심이 단 하나도 나지 않을 수 있을까 싶은 생각도 한다. 대한민국이라는 나라에서 살아갈 때 이 사회가 주는 결혼의 시기와 압박이 존재하는 것은 반박할 수 없는 사실이니까. 그 압박을 이겨낼 수 있을까? 나 하나도 책임지기 어렵다는 이 세상에 평생 함께할 누군가를 운 좋게 만났다 치자. 그 상대와 가정을 이룬다는 것. 로맨틱하지만 몇십 년을 아니, 평생을 서로만으로 함께할 수 있을까?

흔들리고 깨지고 극복하는 게 아닌, 흔들리거나 깨지지조차 않고 그 가정을 평온하게 지켜나가는 게 가능한 것일까. 물론 그랬으면 좋겠다. 그런데 주변을 보아도 인터넷을 보아도 갈수록 견고하고 단단한 가정의 척도가 어떤 것인지 가늠되지 않는다. 제일 큰 문제는 무엇일까. 사랑하는 사람 둘이 모여 가정을 이루고 그 둘이 단단하다면 더 바랄 게 없이 기쁜 일이다. 아니 근데 이게 끝이 아니지 않은가. 이어 나의 손길이 필요한 내 아이가 생길 것이다. 중요한 것은 그 아이가 성인이 되기 전까지 우리는 무조건 책임을 다해야 한다는 사실이다. 당분간은 끝이 없다. 우리는 왜 아이를 낳으려 하는 걸까? 어느 날 내가 꿈속에서 배가 볼록 나온 임산부가 되어 있는 꿈을 꿨다. 그 꿈속에서 나는 내 배를 만지며 태교를 하고 있었고, 내가 정말 아이를 낳는다는 생각에 너무 두렵고 무서웠다. 리얼했던 탓인지 감정이입이 대단했다. 어느새 당연한 순서로 자리 잡은 연애의 결실인 결혼과 출산. 그리고 이제는 그 현실의 프레임에서 벗어나는 사람들이 늘어나기 시작했다. 그 프레임이 깨지는 것은 솔직히 잘 모르는 내가 봐도 아주 환영이다. 개인마다 전혀 다른 삶의 방식을 가질 수 있다는, 그것이 참 멋진 일이라는 걸 자연스레 받아들이는 사회가 되길 바라고 있다. 그러면 나는? 우리는? 내 친구들은? 어떻게 살아가게 될까. 아직 알 수 없지만, 가정을 이끌어가는 모든 이들과 가정을 꾸리지 않아도 혼자 잘 살아가는 이들까지도 모두 대단하고 값진 선택일 것이다. 그리고 그 삶을 내 삶만큼 응원한다. 나는 두려워하고 겁쟁이라 응원밖에 할 수 없다. 막상 결혼하고 아이까지 낳으면 제일 행복해하고 내 아이에 대한 콩깍지로 예뻐 죽을 지경이 될 수도 있는 나지만 아직은 가정을 이루고 자식을 키운다는 게 감히 상상으로 연결되지 않는다. 즐길 거리가 너무도 많이 남았다고 느끼는 철없는 젊은이의 어린 생각 때문에 실천에 옮길 수 있을지 역시 아직 잘 모르겠다. 가정을 꾸리고 싶기는 하다. 아이를 낳거나, 낳지 않고 사랑스러운 동물만을 키우든 간에 말이다. 어릴 적부터 가정이라는 울타리는 살아가면서 없어서는 안 될 중요한 요소라고 생각해왔다. 이뿐만이 아니라 혼자도 살아봤으면 함께도 살아보고 싶은 것이 인간의 욕심일 테니까.

나의 가치관 또는 나의 앞으로 쌓아갈 경험을 새로운 세대를 열어갈 내 아이에게 듣기 좋을 만큼은 삶의 자양분이 될 수 있도록 들려주고 싶은 마음이 있다. 어른들이 나에게 해주던 옛날이야기들이 좋았던 것처럼. 그래서 가끔 생각에 빠지곤 하나 보다. 아들 하나 있는 집, 딸 하나 있는 집, 아들 둘 있는 집, 딸 둘 있는 집, 아들 하나 딸 하나 있는 집 그 외에도 아들이 셋이든 아들 둘 딸 둘이든 어떤 형태이든 간에 각 가정이 만들어가는 환경과 분위기는 매우 다를 것이다. 어느 집이 더 낫다는 표현을 하려는 것이 아니다. 구성원과 환경에 따라서 각 가정의 모습이 다를 수밖에 없고 그 속에서 아이들은 성장한다. 최근 연예 기사에는 나와 동갑인 여자 연예인이 이른 임신으로 이미 아들 하나를 낳았고 이번에는 또 쌍둥이까지 임신해 스물셋이라는 나이에 아이가 셋인 경우를 듣게 되었다. 조금은 오지랖이지만 아이를 일찍 낳았다는 그 사실이 몇십 년 뒤를 생각했을 때 무척 부러운 마음이 들었다. 내가 한창 애를 낳아 고생과 행복을 맛볼 때 고생이 끝나있을 테니까. 또 다른 시각에서는 여자가 아이를 낳는 평균적 시기에 아직 한참 못 미치는 나이임에도 셋이라는 만만치 않은 숫자의 아이를 키우며 고생하는 그 연예인이 걱정되기도 했다(연예인 걱정이 제일 쓸데없다고 하지만 나와 동갑이라 그런지 내 친구인 것처럼 몰입하게 된다). 어떻게 바라보든 간에 그 연예 기사는 정말 신기하게 와 닿았다. 중학교 때만 해도 아이를 다섯은 낳으려 했었다. 농담 따먹기의 말 같지만 꽤 진심이었다.

그러나 지금의 나는 한 명만 낳고 싶은 생각으로 바뀌었다. 몇 년 뒤 또 어떤 생각의 전환을 하게 될지 모르는 게 나다. 어떤 생각을 하고 어떤 결과를 낳아 어떻게 살아갈지 그때가 되어 봐야 알 수 있는 거지만 자식을 키우게 된다면 꼭 하나 잊지 않고 마음에 새기고 싶은 게 있다.

집착하고 욕심부리고 상처 주는 걸 내 배에서 태어난 내 아이에게 하지 않는 것이다. 아이는 훌쩍 자라 내 곁을 떠날 테니 좋은 이야기 좋은 말만 건네기에도 부족하다는 걸 계속 마음에 새기고 싶다. 물론 아이를 키우는 것은 현실이다. 그래서 싫은 소리 한 번을 하지 않고 키울 수 없고, 온 마음을 쏟아 키우다 보면 욕심도 생길 것이다. 부모의 쓴소리를 마땅히 들어야 하는 것이 자식의 몫이기도 하다. 내가 널 옳게 키우고 싶기 때문이다. 그러나 그 이상, 내가 내 감정과 내 욕심에 치우쳐 아이를 조종하는 일은 없었으면 한다. 나는 우리 엄마와 내 친구의 아줌마들만큼 현명한 엄마가 되지는 못할 것 같다. 숱한 가슴을 부여잡고 마음 졸이며 교육할 수도, 생각보다 당당하고 쿨한 엄마가 될 수도 있을 것이다. 그렇지만 꼭 내 아이에게 '사랑'이 뭔지, 따스한 가정이 무엇인지 알려주고 싶다. 좋은 가정의 좋은 자식으로 키워낼 수 있을지 아직은 하나도 모르겠다.

선택적 석택 : 우리 아빠

우리 아빠의 성함은 '심석택'이다. 나 같은 모자란 딸내미도 엄청 사랑스러워해 주는 사람. 나를 늦게 얻어서인지 엄마 아빠와 나는 꽤 많은 나이 차이가 난다. 특히 아빠와는 더(엄마와 아빠는 한 살 차이이다. 하하). 어쩔 수 없는 세월의 흐름 때문인지 옛날 사진에서는 그렇게 잘생기고 날렵하던 아빠가 어느새 주름이 많아지고 엄마보다 약해져 있는 느낌이다. 밖에 나가면 종종 약간의 주책과 허세 있는 모습까지 보이곤 한다. 늙어가는 것이다. 그런 기분을 느낄 때면 마음이 이상하다. 집에서는 개그 담당이자 귀여운 아빠인데 함께 밖으로 나갈 때면 조금 더 실감한다. 최근에 내가 열이 심하게 오르고 독한 감기와 몸살이 한 번에 찾아와 고생한 적이 있었다. 아프면 모두가 알다시피 누군가의 손길이 필요하다. 그때의 우리 아빠는 엄마와 언니보다도 더 지극 정성으로 나를 돌봐주었고, 물수건을 15분마다 갈아주는 그런 자상한 아빠이다. 내가 아픈 적이 거의 손에 꼽을 만큼 없었기에 더 놀랐던 게 분명하다.

우리는 부모님을 선택할 수 없다. 부모님도 나를 선택한 것은 아니다. 아이를 갖고, 낳겠다는 결정만 내렸을 뿐. 그런 내가 '심세은'이라는 이름을 얻어 태어났고 우리 아빠의 딸이다. 물론 우리 엄마의 딸이기도 하다. 나는 이름이라는 것을 참 중요시 생각하는데 세상의 수많은 곳에 우리와 겹치는 이름들이 있다. 사람은 겹칠 수 없지만. 모두 각자의 이름을 달고 살아가는 시간은 값지고 특별하다. 세은이라는 이름을 내 주변에서는 찾지 못했다. 그러나 분명 곳곳에 꽤 많이 있을 것이다. 그런 나에게 조금은 특별한 성을 건네주어 완전한 이름 세글자로 보면 전혀 흔하지 않은 나의 이름, '심세은'. 그리고 우리 아빠 '심석택'. 나와 같은 성을 가진 우리 아빠의 이름 역시 주변에서 한 번도 들어본 적이 없다. 어릴 적 뉴스에서 한 자음 차이로 아빠와 이름이 아슬하게 달랐던 기자님 정도만 기억할 뿐이다.

앞서 말했듯 나는 우리 부모님을, 우리 부모님도 나를 선택한 적이 없지만 나는 현재 우리 아빠의 딸내미로 많은 사랑을 받으며 살아가고 있다. 선택할 수 없던 상황에 운이 좋은 결과를 얻게 것이다. 이렇게 선택이 불가능한 부모와는 다르게 일상을 살아가다 보면 선택하지 않고는 나아갈 수 없는 순간이나 선택권이 다양한, 또는 선택 범위가 좁은 영역이 존재한다. 밥 먹고 편하게 볼 영화를 고를 때도, 더운 날 음료를 마시려 할 때조차 다 작은 선택의 연속이다. 책을 고를 때만 봐도 그렇다. 책 표지가 훌륭한 책, 책 제목이 끌리는 책, 유명한 저자가 쓴 책, 값이 비싼 책, 또는 값이 저렴한 책, 출판연도가 최근이거나 오래된 책 등, 범위가 넓다. 모두 방금 제시한 조건들 중 한 가지만 고를 수 있다면 무엇을 선택하겠는가? 사실 그 어떤 것을 선택하든 어느 누구도 뭐라 할 순 없다. 각자의 기준으로 빚어낸 결론이기 때문이다. 누군가를 만날 때도 마찬가지다. 내가 이 사람의 이러 이러한 면을 새롭게 발견하고 그 모습이 존경할 만큼 괜찮아서 만나게 된 최종 선택인데 직장이 그게 뭐냐며 또는 나이가 그게 뭐냐며 뭐라 하는 이들이 있다. 물론 내가 겪은 일은 아니지만, 타인을 향해 그렇게 이야기하는 경우가 주변에 제법 많다. 누군가의 진지한 선택을 단순한 오지랖으로 꾸짖는 건 정말 현명하지 못한 일 아닐까.

근데 사실 나 역시 친언니에게 친한 친구에게 오지랖을 부릴 때가 있다. 반드시 조심하고 또 조심해야겠다. 그들의 선택을 내 선택인 것처럼 존중해야겠다. 무슨 '일'을 선택할 때 역시 마찬가지다. 누군가가 깊은 꿈을 안고 그것에 대해 고민하고 또 고민한 뒤 선택을 한다. 그 일에 대한 적당한 염려는 괜찮지만, 그 일로 어떻게 밥 먹고 사냐며 꾸짖는 다거나 현실을 보라며 꿈꾸는 이의 마음을 가로막는 것. 이 역시 누군가의 선택을 말 한마디로 쉽게 짓누르는 일이다. 이렇듯 우리는 내가 아닌 누군가의 선택은 쉽게 무시하거나 참견하며 비웃기도 한다. 잘 모르는 이들의 선택이라면 더더욱. 그 선택지가 자신 앞에 놓였을 때 분명 더 옳은 선택을 할 것이라는 보장이 없음에도 불구하고 말이다. 물론 무엇인가를 선택할 때 내가 이것을 선택할 만큼 내게 정말 필요한 것인지, 이것을 얻기까지 나의 노력이나 감정 소모가 얼마나 필요한지 등 그렇게 본인 선택지에 대한 진솔하고도 마음 깊숙이 자리잡혀 있는 속생각을 들여다볼 필요는 있다. 그 선택이 나의 미래를 얼마나 좌우하게 될지 알 수 없기 때문이다. 선택하면 그 선택에 대한 책임은 저절로 다가온다. 그 선택을 통해 나 자신을 단단하고 건강하게 지킬 수 있다면 그 선택은 당연히 옳은 선택이 될 것이다. 때론 감이 잡히지 않는 선택의 순간도 있겠지만 그렇기에 계속 고민하고 고민해야 할 것이다. 이건 나 역시 마찬가지다. 선택해야 할 것들이 눈앞에 얼마나 많이 놓이게 될지 들뜨지만, 한편으로는 떨리고 무섭다. 원하는 것과 해야 하는 것 사이의 어려운 선택도 있을 것이고, 다른 잘못된 선택으로 후회를 한다거나 나 자신을 자책하게 될까 봐 겁도 난다. 그러나 앞일을 걱정하느라 내 선택에 계속된 의심만 한다면 오히려 지금, 이 순간을 현명하게 보내지 못하는 것뿐이다.

어떤 선택이든 밀고 나갈 용기가 우리에게 가득가득 넘쳐났으면 좋겠다. 우리 아빠 심석택의 선택은 심세은이자 우리 식구들이듯, 나도 무엇을 선택하든 그것을 지키고 꾸려나갈 수 있는 선택을 하고 싶다. 수많은 선택지 가운데서도 분명 우리는 차근차근 잘 선택해 나가며 그 선택지를 끝까지 즐겁게 책임지게 될 것이다.

우리는 그것을 사랑으로 부르죠

사랑은 부모와 자식, 친구, 사제 간 등 곳곳에 분포되어 있지만, 순식간에 일 순위가 되고 순식간에 남보다도 못한 사이가 되는 '연인'이라는 관계의 사랑이 제일 두드러지는 것 같다. 눈과 눈이 마주했을 때 그냥 웃고 싶고, 그 찌릿찌릿하고 좋은 게 사랑이다. 자꾸만 같이 마주 보며 웃고 싶고, 이타적인 마음을 베풀게 되고, 하늘이 푸른 날이면 한강에서 함께 자전거를 타고 싶게 만드는 마음이 드는 그것이 바로 사랑이다. 그리고 가끔은 마음을 저리게 만드는 것도 사랑이다. 아프면 같이 아파주고 싶은 마음이 드는 것 역시 사랑이라고 생각한다. 내가 아플 때 내 옆에 있어 줬으면 하는 사람이 떠오른다면 그것도 당연히 사랑이다.

사랑은 기이하다. 한순간 불장난처럼 생기는 사랑도 있다. 한 영화에서는 술집에서 친구들과 하룻밤을 보낼 사람을 찾는 남자와 어딘가 어설픈 남자 모습에 흥미를 느끼는 여자가 만나 예상치 못한 진지한 사랑을 키워간다. 다른 한 영화에서는 우연히 들른 정신없는 푸드트럭에서 만나 사랑의 인연이 시작된다. 그 모든 것들을 '사랑'이라고 말한다. 사람에게 일어나는 사랑의 감정과 그 감정 두 개가 만나 이루어지는 사랑의 교류를 처음부터 눈치채기는 어렵다. 어떨 땐 수많은 예측과 다양한 바람들조차 한순간에 물거품으로 만들어 버린다. 사람들에게 세상에서 제일가는 사랑꾼처럼 이야기하는 어떠한 이들도 결국 그렇지 않았거나, 언뜻 볼 때 사랑을 아나 싶은 이들이 진정한 사랑을 하는 경우도 있다. 나는 사랑이라는 감정과 그에 따른 책임을 완벽하게 믿지 못한다. 나는 내가 직접 사랑에 배신을 당하거나 비련의 여주인공 같은 일을 겪지 않았음에도 사랑을 잘 믿지 못한다.

나 역시 사랑에 대해 깊은 책임감을 느끼며 그 사랑을 지켜가며 살 수 있을지에 대한 완벽한 자신이 없다. 너무나 견고할 줄 알던 많은 이들의 사랑도 나의 기대와 달리 쉽게 무너지는 걸 본의 아니게 자주 목격했기 때문이다. 다시 일어선다 해도 한 번 무너진 사랑이 무너지기 전과 같을 수 없다고 생각한다. 그 특별해 보이던 사랑들마저 흔들리는 모습과 또는 그러한 결말을 듣고는 사랑은 정말 한순간이라는 생각에 사로잡히기에 십상이었다. 물론, 사랑이라는 이름 아래 영원한 이들도 있을 것이다. 있을 거라 믿지만 어쩌면 영원하다는 건 결코 존재할 수 없을지도 모른다. 나는 무슨 소리가 하고 싶은 걸까. 존재하지 않는 것 같다가도 존재하는 것 같다. 내게 사랑이라는 존재는 헷갈린다. 어색하고 어렵다. 사랑을 얼마나 믿고 얼마나 믿지 못하는지 체크하며 살아갈 필요가 있다. 이렇게 깊게 생각한다는 것은 어쩌면 사랑에 대한 로망이 큰 것일 수도 있겠다. 어떠한 로망과 기대가 많으면 그것이 흐트러지는 것에 대해 예민해지니까. 나는 누군가를 좋아하게 되면 단순한 좋아함을 넘어 그 상대를 진지하게 사랑할 수 있을까에 대해 생각한다. 아직 결혼보다 다양한 사람을 만나볼 나이임에도 그와 그릴 미래를 생각한다.

스물넷 겨울에는 그와 같이 영화를 보고 있을까, 스물여섯에는 커플 옷을 맞춰 입고 제주도에 가야지(커플티를 잘 입지 않는 커플이나 부부라면 이 글을 읽고라도 도전해봐라. 굉장히 사랑스러워지는 기분을 느낄 수 있을 것이다), 스물일곱에는 함께 이탈리아를 가볼까, 서른다섯에 같이 웃고는 있을까? 등. 물론 이렇게 먼 미래만을 그리는 건 아니다. 그와 데이트를 시작하고 많은 이야기를 주고받으며 함께 시간을 쌓아가는 가까운 미래도 포함이다.

사실 보통 사람이라면 내가 좋아하는 그 상대도 나를 좋아할까에 대해 고민하지만 나는 내가 얼마만큼 그를 좋아할 수 있을지에 대한 생각을 먼저 한다. 잘못된 순서일 수도 있지만 나는 나 스스로 먼저 확신을 받고 싶다. 단란한 노부부처럼 끝까지 변함없는 사랑을 해보고 싶다. 노부부가 되기 전 과정 중 나에게 또는 상대에게 숱한 유혹과 흔들림이 찾아올 수 있다. 서로가 지금은 어리거나 젊다 해도 우리가 그랬듯 더 어리고 잘난 누군가가 등장할 수도 있으며, 더 잘난 직업, 더 대단한 집안, 더 맞는 취향의 사람 등 서로보다 더 휘황찬란한 사람이 나타날 수 있다. 또는 그런 사람의 유혹이 아니어도 혼자 있는 자유, 혼자 편할 수 있는 책임의 부재 등 유혹이 될 만한 것들은 넘쳐난다. 그걸 말 그대로 단순히 '유혹'이라고 인지했으면 좋겠다. 그것에 들어갔다 나와 용서를 구하고 다시 단단해지는 것이 아닌 그 유혹을 단단한 마음으로 털어낼 수 있는 사람이 되었으면 좋겠다. 내가 그런 사랑을 하지 못한다 해도 내 주변 사람들이라도 성공하면 좋겠다. 내가 응원하는 수많은 언니 오빠 커플, 내 친구 커플, 친한 동생 커플 등. 수많은 유혹과, 수많은 익숙함, 수많은 편안함 그 모든 것을 사랑으로 덮고 이겨낼 사랑. 실수를 용서해주는 것 말고 실수하지 않는 사랑. 운이 좋다면, 오 년 뒤 십 년 뒤 그 어느 때라도 할 수 있게 되기를 원하고 바란다. 정의하기 어려운 사랑이란 감정과 그 과정들. 나는 어떤 사랑을 하게 될까? 어떤 사랑을 하고 있는가? 우리는 그 사랑을 시로 써 내려갈 수 있는가?

구름 속에 파묻혀 한숨 푹 자고 싶어

나는 세상의 많은 날들 중 비 오는 날과 흐린 날을 제일 좋아한다. 비 오는 날이면 그 잔잔하고 기끔은 강렬하기까지 한 빗소리를 들으며 집에 있는 것도 좋고, 우산을 쓰고 움푹 파인 길가에 물웅덩이를 밟으며 걸으면 신이 난다. 어쩌면 초등학생만도 못한 유치함이겠지만 이상하게 그게 참 좋다. 더불어 그 습기와 비 냄새가 좋은 마음을 들게 한다. 내가 다음으로 좋아하는 날은 만인이 좋아하는 푸른 하늘과 쨍쨍한 해를 볼 수 있는 날이다. 그런 날씨를 볼 수 있는 건 봄과 초여름, 이어 초가을 날이 최적의 계절이지 않을까. 카메라를 들지 않고 못 배기는 날. 그 푸르고 높디높아 감탄이 절로 나는 하늘. 그런 날씨를 맞이할 때마다 꼭 드는 생각이 있다. 높고 풍성한 구름 속에 파묻혀 진짜 좀 여유로운 낮잠을 자고 싶다는 것. 머릿속에 그 어떤 생각도 나를 귀찮게 만들지 않는, 정신적 고됨과 육체적 고됨 그 모든 걸 내려놓고 깊은 잠에 빠지고 싶다는 생각이다. 막상 구름에 누우면 난 육지로 추락하겠지만 포근하게 날 받쳐줄 수 있다는 가정하에 말이다. 한숨 푹 자고 싶다는 말이 잠을 못 자고 다크써클이 내 눈을 가릴 만큼 피곤하게 살고 있다는 의미를 담고 있는 건 아니다. 그 누구보다 넉넉한 숙면 시간을 취하며 일찍 자고 천천히 일어나며 살아가고 있지만, 단순히 침대 속 이불보다 구름 안에 들어가 이루어지는 숙면은 아주 아주 깊고 꿈조차 꾸지 않는 잠을 잘 수 있을 것만 같아서 상상하게 된다. 구름 속에 파묻히는 시간은 더도 말고 덜도 말고 딱 두 시간 정도면 좋겠다. 푹 자고 일어났을 때 우리는 분명 행복해하고 몸 상태가 최상에 달할 것이다. 아니, 그 이상일 수 있을 것 같다. 내가 살아가는 현생의 시간 동안 구름 속 취침이란 불가능하겠지. 숨 막히는 경쟁 구도 또는 숨 막히는 건물들로 차 있는 이 세상에서 파란 하늘과 구름은 인간에게 주어지는 유일한 자연의 소중한 그림이 아닐까 싶다.

배가 불러 낮잠 시간이 그리울 때도 나는 하늘을 본다. 답답한 일을 겪고 나면 버스를 타고 이동하는 순간마다 더더욱 하늘을 뚫어지게 바라보고, 좋은 일이 생겨도 편안한 마음으로 하늘을 본다. 그냥 말하지 않아도 하늘은 내 마음을 다 알 것 같은 기분, 다들 공감하라고 웃으면서 강요하고 싶다. 갓난아기를 키우느라 고생하는 엄마들, 연인과 다퉈서 한숨이 푹푹 나오는 사람들, 상사에게 잔뜩 깨져 마음이 혼란스러울 사회초년생들과 여러 직장인이 뭉게뭉게 구름에 들어갈 수는 없어도 단 몇 분의 시간이라도 쏟아 들여다보았으면 좋겠다. 분명 마음 한켠이 편안하고 지구가 나에게 힘을 준다고 느껴지는 효과가 있을 것이다. 인간은 자연 없이 살아갈 수 없다. 자연이 우리에게 선사하는 것들이 너무나 많기 때문이다. 자연이 우리에게 주는 선물은 어마어마하지만, 대부분의 사람은 그 귀한 걸 놓치고 산다. 아니, 놓친다는 표현보다는 삶이 너무 바빠 살펴볼 겨를이 없다는 것이 맞을 수도 있겠다. 그래서 이렇게까지 내가 강조하는 것이다. 하늘을 바라보고 하늘뿐만이 아닌 나무와 꽃, 길가에 풀들까지 조금이라도 들여다보기를 바란다. 아무리 수많은 어른이 나를 보고 인생의 진리를 깨닫지 못할 때라고 여겨도 자연이 주는 어마어마한 감동과 사랑은 잘 알겠다. 자연이 내 삶 속에 더 큰 일부분을 차지했으면 좋겠다. 풀 냄새, 스쳐 지나가며 보게 되는 꽃들, 바람, 구름, 비까지도 그냥 다 아낀다.

자연 예찬으로 말이 샜지만, 결론은 구름 속에서 낮잠 자고 싶다는 이야기다. 구름이 푹신할 것 같다는 생각은 시간이 지나도 왜 어릴 때와 같은지 모르겠다. 그저 기체일 뿐인데 그런 구름이 좋다.

솔직히 어른들 말씀은 거의 다 맞아

어른들 말씀을 들으면 손해 볼 게 없다는 소리를 살면서 백 번은 넘게 들은 것 같다. 물론 거짓말 하나 보태지 않고 말이다. 주변 어른들이 줄줄 외울 만큼 그리고 귀에 딱지 앉게 하시는 옛 시절의 말씀들이 있다. 인생의 경험이 쌓이고 쌓여 완성된 말들이겠지만 그 이야기가 길어지면 듣기 싫을 때가 더 많은 건 어쩔 수 없는 사실이다. 그러다 다른 날의 어느 순간 "대박, 정말 맞는 말이었어."라며 놀라움을 금치 못할 때가 종종 있다. 그 중 '슬플 때보다 기쁠 때 같이 기뻐할 줄 아는 게 진정한 친구다.'라는 문장이 마음에 남아있다. 이 말은 다들 주변의 어른 중 누군가에게 꼭 한 번씩은 들어보았을 것이다. 실상 친구이든 잘 모르는 사람이든 그 관계의 친밀도를 떠나 좋은 일을 축하한다는 것, 그게 생각보다 어려운 일이다. 내가 바라거나 원하던 부분이 아니라면 전혀 이

질감 없이 기쁨이 넘치는 축하가 가능하겠지만 내가 원하고 바라던 일을 얼굴도 모르는 사람이 먼저 해냈을 때 드는 그 경계심과 부러움은 순간 미운 마음이 들게 한다. 차라리 가까운 사람이 잘 해내는 게 더 좋다. 그러나 또 다른 면에서는 가까운 사람보다 얼굴도 모르는 사람이기에 더 행운을 빌어주고 축하 인사를 해줄 법도 한데 머뭇거리고 순간적으로 마음이 어려워진다. 어른들의 격언이자 명언인 그 말을 들은 뒤로 내 주변 사람들에게 슬플 때뿐만이 아니라 기쁜 일마저 진심으로 아낌없이 기뻐해 주기 위해 노력하고 있다. 그렇지만 아무리 가까운 사람들이라 해도 그 사람의 기쁜 일에 순간 멈칫하게 되는 인간의 나약함은 매번 그런 것이 아니어도 여전히 생겨나고 여전히 경험하곤 한다.

그리고 또 많이들 하시는 말씀, '이불 꼭 덮고 자.' 이건 만인의 부모님이 하시는 말씀이지 않을까. 말 한 번 제대로 들을 때 없는 내가 역시나 엄마의 말을 한 귀로 흘리고 덥다는 핑계로 이불을 덮지 않고 잘 때면 꼭 다음 날 아침 목이 아픈 것을 느낀다. 목감기 기운이 생긴 것이다.

'밥은 세 끼를 다 먹어야 해.'라는 할머니의 말씀도 무시하고 아침을 거르면 어느 순간 머릿속에 할머니의 표정과 함께 꼭 떠오른다. 끼니를 거른 채 배고파 미치는 시간이 오면 괜히 세 끼를 다 먹으라 말씀하신 게 아니었다며 말 좀 들을 걸 반성한다. 어른들은 어쩜 이렇게 맞는 말씀들만 골라서 하시는 걸까. 어른들은 사람의 인상을 통해 전해지는 느낌도 제대로 볼 줄 안다. 그냥 매 순간 던지는 말씀들이 거의 다 맞아떨어지는 것 같다. 명중률 99%.

'뭐든지 적당한 게 제일 좋아.'라는 말씀도 심각하게 맞는 말 같다. 앞서 어딘가에서 말했듯, 나는 말수가 많은 편이다. 의외로 무척 진지하고 심오한 이야기나 내 마음속 아주 깊은 곳에 대한 이야기를 나누는 건 싫다. 그 때문에 도리어 상대에게 질문하고 그 답변을 경청하며 그 답변에 대한 내 견해를 긴말로 이어간다. 어릴 적부터 말수가 많았고 말수가 많다는 건 헛소리를 할 확률이 매우 높다는 것이다. 그래서 가끔 실수한다. 누군가에게 상처가 될 만큼 심한 말실수는 아니어도 누군가를 당황하게 하거나, 조금은 불쾌하게 하거나, 굳이 하지 않아도 될 쓸데없는 말을 건네 적막이 찾아온다. 적당한 게 좋다는 말, 제일 공감하지만 제일 어렵게 적용되는 어른들의 격언이다. 나는 어쩌지.

잔소리라 치부하여 듣고도 한 귀로 흘리지만, 꼭 그 상황이 오면 떠오르는 어른들의 말씀. 참 웃기기도 대단하기도 하다. 다 이게 인생의 연륜을 통해 얻게 된 당연지사 진리이다. 그렇지만 우리 부모님을 비롯한 주변 어른분들은 나와 세대가 다르고 살아가는 시대 흐름이 다르다. 그 때문에 가끔 마음으로 저 말은 분명 틀릴 거라고 여기는 말들이 생긴다. 이런 미련한 나. 그 말들조차도 결국 또 다 들어맞는 것을 발견할 때는 정말 소름이 돋기도 한다. 이와 같은 경험이 반복되다 보니 어른들 말씀이라면 조금 더 귀 기울여 들어야겠다고 천 번을 다짐하게 된다. 물론, 실천하기까지는 큰 노력과 되새김이 필요하겠지. 내일의 나는 또 한 귀로 듣고 한 귀로 흘리며 나중이 되어서야 '아, 또 들어맞네.'를 반복하며 살아갈 테지만 그리고 그런 나를 스스로 어이없어 할 것이 분명하지만 그래도 어른들의 말씀은 꼭 명심하는 것으로 하자. 나는 나중에 이런 반박할 수 없는 멋진 격언을 만들어낼 수 있을까?

깃털같이 가벼운 소원

나에게는 이루어져도 그만, 이루어지지 않는다고 해도 그만인 가벼운 소원들이 있다. 우리는 각자가 원하는 소원을 위해 살고 있는지도 모른다.

나의 깃털같이 가벼운 소원 중 첫 번째는, 갈색 머리가 잘 어울리고 싶다는 것이다. 나는 세련된 얼굴과는 거리가 있는 사람이다. 스물한 살 때 괜히 세련됨을 도전해보겠다며 전형적인 한국인의 검은 머리에서 탈색을 시도했다. 갈색과 금색 그 사이 어디쯤으로 머리 색깔이 바뀌었고 내가 봐도 색달랐다. 그러나 어울리지는 않았다. 친구들이나 언니들을 볼 때면 갈색 머리가 유독 잘 어울리는 사람들이 있다. 어울리는 사람이 한 갈색 머리는 빛나고 예쁘게 비쳤고 그래서 시도한 나는 예상과 다른 결과를 얻고 말았다. 뭐, 한 번 시도한 것만으로도 의미가 있다지만 이왕 어울렸다면 더 좋았을 뻔했다. 어울리지 않아도 검은 머리로 잘 살 수 있지만 그래도 나는 갈색 머리가 잘 어울리고 싶고 거울을 보고 만족한다는 듯 고개를 끄덕이고 싶을 뿐이다. 이것이 나의 별것 아닌 깃털 같은 소원이다. 다시 돌아온 짙은 검은 머리(염색으로 검은색을 입혀서인지 본래 검은 머리보다 더 짙은 검은색이 되었다)를 보며 사람들은 훨씬 낫다고 칭찬해주었고 갑자기 일 년 전 했던 파마의 컬까지 살아나 검은 파마머리 스타일이 지금까지 본 것 중 제일 낫다고 칭찬해주었다. 그래, 사람은 어울리는 걸 하는 게 맞지 않겠느냐고 나 자신을 다독였지만 이건 포기할 수 없는 소원이다. 나는 딱 365일 하고도 30일 뒤에 다시 갈색 머리에 도전하려 한다. 지금 있는 도서관에서 계약 기간을 마치고 한 달 정도 새로 이직할 곳을 탐색하며 면접 준비를 하고, 갈 수 있는 곳이 바로 생기지 않는다면 갈색 머리를 하고 여행을 떠날 것이다. 갈색도 수많은 갈색이 있다. 그때는 내게 스물한 살 때보다 조금 더 어울리는 갈색을 찾아 염색하고 자랑스럽게 내 사진을 찍어 남기고 싶다. 우스울 만큼 별것 아니지만 그래서 좋다.

그다음 나의 깃털 같은 소원 두 번째는, 어느 여름날 친구가 집에만 있겠다며 빼기던 나를 몇 번이나 설득해 시원한 카페로 데리고 가주었다. 주문한 딸기 스무디가 나오자마자 예상치도 못할 만큼 특별한 맛에 깜짝 놀라 쉬지 않고 마셔댔다. 그렇게 5분도 채 지나지 않아 잔을 비워냈다. 얼음이 머리를 뚫는 기분으로 내 머리를 괴롭게 만들었지만, 그것은 순간이었다. 시원하고 기분 좋게 달콤했다. 그렇게 짧은 시간 안에 잔을 다 비운 뒤, 새삼 한 잔 더 마시고 싶은 마음이 들었다. 그러나 음료 한 잔을 더 마신다고 했을 때 내 머릿속 계산은 다음 날 그리고 다음 주 그 어느 날 중 하루는 한 잔을 꼭 참아야 한다는 생활비의 외침이 들려왔다. 결정을 머뭇거리다 결국 나는 먹지 못했다. 그런데 그 순간, 그 주저하는 내 모습이 어쩌면 별일이 아님에도 세상에서 제일 불쌍하게 느껴지고 아쉬운 마음이 드는 것이다. 긴 서론을 지나 내 소원은 하루에 두 잔 정도의 마실 거리를 사 먹기 가능한 여윳돈이 생겼으면 좋겠다는 것이다. 대단히 큰돈을 원하는 것이 아니다. 명품 백을 갖고 싶은 것도, 대단한 집을 갖고자 하는 것도 아닌 하루에 두 잔 이상의 내가 마시고 싶은 음료를 사 마실 수 있는 넉넉한 음료 값을 원하는 것은 나름 괜찮은 소원이 아닐까? 어쩌면 소원치고 하찮을 수도 있다. 그래도 내가 절실하게 느낀 나의 진지한 소원이다.

깃털 같은 소원, 말 그대로 소원이지만 살아갈 날이 많은 우리에게는 또는 살아갈 날이 얼마 남지 않은 이들이라 해도 우연히 그 어느 날에 이루게 될 수도 있지 않을까? 모두가 자신만의 소원이 무엇인지 적어 보는 시간, 그 소원을 타인과 나누는 시간이 많아졌으면 좋겠다. 나눌수록 그 소원을 더욱더 제대로 직면하게 된다. 이루지 못할 줄 알았던 작고 깃털 같은 소원을 작정하고 이루게 될 수도, 바라왔던 것보다 필요치 않은 소원임을 깨닫고 버리게 될 수도 있다. 이룰 도리 없이 끝나 버릴 소원이래도 그 소원을 품고 있다는 것만으로 희망이 넘치고 기쁠 수 있다. 적고 말하고 기대해라. 오늘은 각 자신에게 새로운 소원이 생겼으면 좋겠다. 그 덕분에 설렘을 잔뜩 안고 행복해진다면 참으로 예쁜 하루가 될 듯하다.

착하다는 게 뭔가요

비가 내리고 나면 한동안 산 쪽에는 안개가 낀다. 나에게는 안개들이 많을 뿐 나 자체는 그저 맑고 우뚝 선 산이라고 생각했다. 나는 착한데 내 주위의 것들이 나의 착한 마음을 흐릿하게 만든다고 아주 단단히 착각해왔다. 물론 천만의 만만의 말씀이었다. 나는 그리 착하지 못하다는 걸 재작년쯤 완벽하게 깨달았다. 물론 나쁜 심보가 가득한 정도는 아니라고 장담하지만, 착한 것도 아니라는 게 핵심이다. 원래는 벌떡 일어나는 편이지만 재작년쯤부터 가끔 버스에 어르신이 타시는 걸 보면 고개를 창가로 돌린다. 자리 양보를 하기 싫어 눈을 돌리고 아웅 하는 나다. 자신의 기준과 다르다는 이유로 면박을 주는 이를 보며 웃어 넘겨주기 어렵고, 내가 먹고 있는 음식은 어떤 사람에게도 양보하고 싶지 않다. 부모님께 드리는 용돈을 이 돈이면 다른 걸 더 할 수 있을 거라 생각할 때조차 있는 나는 역시 아직 멀었다.

어떻게든 착하려고 노력하고 그것이 좋다고 믿었던 때에 나를 만난 사람들은 내가 참 괜찮고, 밝고, 착하다고 알아준다. 그건 무척 기분 좋은 일이고 고마운 일이지만 나를 매일매일 보는 직장동료들이나 오래 봐온 친구들은 바로 느낌이 올 것이다. 내가 은근히 한 성격 한다는 것을. 그게 좋다 나쁘다 평가할 만한 것은 아니다. 그냥 나는 생각보다 성깔이 있고 유순하지 않다는 것이 내가 나를 바라보는 솔직한 모습이다. 내 밥을 차려주겠다는 아빠에게 귀찮으니 내가 알아서 먹게 두라며 서운함을 느끼고도 남을 만한 말까지 스스럼없이 해버린다. 더 나아가 친언니가 내게 조금만 기분 나쁜 말을 건네면 몇 배로 와다다다 쏘아붙이는 못난이가 나다.

그런 나와 다르게 범접하기 어려울 만큼 착한 사람들도 분명 많이 있다. 일본에서 공부하던 유학생 이수현 씨는 술에 취해 철로로 실족한 남성을 구하기 위해 자신의 목숨을 바친다. 어릴 적 들은 이야기지만 나는 그의 대단한 희생에 감명받아 여진히 기억하고 있다. 내 가족을 위해서도 아니고 남의 나라에 있는 일면식 하나 없는 이를 위해 자신의 목숨을 바치는 것, 그것은 착한 것 그 이상의 인격적 성숙이 필요하다. 피해라는 피해는 자신이 제일 먼저 보고 그것을 감내할 줄 아는 착한 사람들. 요즘 세상에 굳이 그럴 필요 없다지만 나의 경우 그들이 있어서 오히려 좋은 영향을 받게 된다. 가끔은 타인을 위한 배려나 희생들이 없었다면 이 세상은 정말 깜깜했겠다고 생각한다. 참 값진 것을 배우게 된다. 사실 나는 가끔 그런 고민의 기로에 놓인다. 바보같이 손해를 보지만 사람을 사랑하고 아껴주며 나의 것을 조금 포기하는 그런 사람이 되어줄까 아니면 내 것을 먼저 챙기고 내 것 먼저 살피며 이 세상에 제일 중요한 건 나라는 마음을 넘어서 좀 더 이기적인 마음을 안은 채 살까 하는 두 갈림길에서 말이다. 성선설과 성악설 성무선악설 그 어떤 설에도 나는 확신이 없지만, 참 못되고 나쁜 사람과 참 선하고 좋은 사람을 보면(그들의 성장 과정에도 영향이 분명 있겠지만) 성무선악설을 제일 신뢰하기 어렵다는 생각이 든다. 착하다는 게 뭔지 참 어렵다. 알 사람은 알겠지만 착하게 모든 이들의 말을 다 들어주면 그 결과는 결국 만만하게 본다는 현실의 문제점을 불러온다. 착한 이를 만만하게 보는 건 사실이다. 그건 내가 아주 확실하고 분명하게 느껴온 것이다. 그렇다고 할 말을 다 쏟아내고, 나를 챙기기 위해 남에게 피해를 줄 수도 있는 일상을 살기에는 그 모습을 통해 상처받는 누군가가 있을 것 같아 어렵다. 우리 부모님은 남에게 상처를 주는 사람이 제일 못 된 사람이며 그 언젠가는 꼭 돌려받는다고 말씀하신다. 앗, 잠시만 나 돌려받을 게 많을 듯싶다. 다른 것보다도 사람들이 일부러 못되게 구는 일만 없었으면 좋겠다. 고의가 아닌 이들의 못됨은 최대한 이해하고 또 이해하며 넘어갈 수 있지만, 고의성이 다분한 이들의 못됨은 진짜 못된 게 맞으니까 싫다. 착한 삶을 추구하지는 않더라도 일부러 못되게 살지는 말자는 다짐을 하게 된다. 그러면서 방금 아빠에게 또 짜증을 내고 온 나는 마음이 시큰거린다. 대단히 착하기 위해 노력하거나 못되지 말자고 다짐하는 것도 중요하다. 그래, 그렇지만 무엇보다 내가 아끼는 사람들에게 좀 더 다정하고 넓은 마음을 가지고 대하는 사람이 되는 것 먼저 연습해야겠다. 이건 어쩌면 선택이 아니라 긴 삶의 여정 가운데 필수요소가 아닐까 싶다.

인생을 잘 살아가는 방법

각자 터득하고 살아가는 인생을 잘 살기 위한 방법. 누구나 하나씩 쯤은 있을 것이다. 내가 생각하는 그 방법의 하나는 적당한 정신승리를 하는 것이다. 인생에서 빠질 수 없는 '정신승리'. 나는 이게 참 중요하다고 생각한다. 내가 생각하고 싶은 대로 생각하고 그것이 결국 나의 장점 같다고 말해준 사람이 있었다. 칭찬인지 욕인지 살짝 헷갈렸지만, 남에게 피해를 주지 않는 한 내가 생각하고 싶은 대로 생각하고 그래서 내 마음이 편하다면 좋은 것 아닐까. 즉, 내가 정신승리를 잘한다는 것이고 이것이 장점으로 타인에게까지 보장되었으니 어설픈 소리 그만하라는 생각 대신 내 말에 신뢰를 하고 믿어주었으면 한다. 물론 정신승리가 모두 좋은 것은 아니다. 우리가 잊지 말아야 할 것은 아무리 정신승리를 한다 해도 남을 깎아내리고 나를 올리는 정신승리는 제대로 된 정신승리가 아니며, 정신승리의 실패작이라는 사실이다.

내가 했던 정신승리 중 일상을 잘살아내는 것에 도움을 주었던 방식은 '남을 대입하되, 남을 대입하지 않는 것'이다. 이쯤 되면, 예시가 등장해주어야 할 것이다. 나는 아직 해외여행을 가본 적이 없다. 해외를 가본 적이야 있지만 여행 차원으로 떠난 적은 없다. 해외여행 자체에 관심이 없던 탓도 있지만, 갈 엄두가 나지 않았던 것도 사실이다. 그러나 〈여행에 대한 아주 주관적인 고찰〉 부분에서 이야기했듯, 요즘 추세는 시간의 여유가 생기고 돈만 모았다 하면 모두 하나같이 해외여행을 떠난다는 것이다. 나도 사람인데 주변을 보다 보면 가고 싶은 마음이 생기지 않겠는가? 당연히 생긴다. 이미 아기 때부터 또는 성인이 되고 나서 제대로 해외여행을 다니는 친구들과 언니 오빠들이 많아졌고, 어쩌면 이건 여행을 가보지 않은 내게 약간의 상대적 박탈감을 슬그머니 불러일으키는 상황이 아닐 수 없다. 바로 딱 그때, 정신승리라는 걸 하면 된다. 남을 대입하되 대입하지 않는 방법이란 우선, 나처럼 아직 가보지 않은 사람이나 늦게 간 사람들을 생각해보는 것이다. 이것이야말로 남을 대입하는 방법일 것이다. 그런 후, 남을 대입하지 않는 방법은 그 '남'이 늦게 간 것에 대해서는 더 생각하지 않는 것이다. 딱 그 상대도 늦게 갔다는 사실만을 생각하는 것이다. 그런 후 나보다 늦게 간 사람도 많다고, 내 나이대 정도면 뭐 아직 가지 않았을 수도 있는 나이네-라고 정신승리를 하면 된다. 나랑 가까이 지내는 L언니는 내 주변 친구들이 이십 대 초반에 유럽을 갈 때 스물 다섯 살에 유럽을 갔다. 아무것도 모를 때보다 훨씬 기대를 안고 갔다. 그렇다면 나는 스물 세 살이니까, '아, 나도 아직 가지 못했지만 나보다 더 늦은 나이에 가는 사람도 있네. 나도 곧 갈 때 되면 가게 되겠지.'라고 정신승리 하는 것이다.

조금 이상해 보일 수 있다는 것은 안다. 그래도 나름 좋은 방법이다. 단, 그 언니가 그때 갔다는 것 이상을 생각하면 안 된다는 것이다. 남을 대입하되 대입하지 않는 것, 이해가 갈지 모르겠다. 남을 대입하여 나를 위로하되, 남을 대입하지 않아 남을 지나치게 부러워하거나 지나치게 무시하지 않는 것이다.

남을 대입하되 대입하지 않는 것 말고도 일반적인 정신승리에 대해 이야기해볼까 한다. 이 글을 읽고 있는 누군가가 사람들 무리가 모여 있는 곳 속에서 민망할 만큼 듣기 싫은 소리를 듣게 되었고 차마 그 앞에서는 기분 나쁨을 표출할 수 없다면, 그때 할 수 있는 정신승리는 '다른 부분은 자기도 못났으면서, 전체적으로 봤을 땐 내가 너보다 나아.'라고 그냥 깔끔히 긍정적인 정신승리를 하면 상한 감정이 꽤 빨리 수그러든다. 사람들은 남에게 좋지 않은 행동과 좋지 않은 말들은 잘 내뱉으면서 본인은 보고 듣기 싫어하는 아주 나약한 간사함을 지니고 있다. 그러니 그런 상황 역시 정신승리를 통해 마음에 남겨두지 않았으면 한다.

인생을 잘 살아가는 방법은 수도 없이 많을 것이다. 정신승리 보다 훨씬 유익한 방법들 역시 있을 수 있다. 그런데 나는 아무리 생각해도 이렇게 유치하고 작은 정신승리의 방법만으로 우리의 기분이 홀가분해지고 어두운 감정에서 헤어 나올 수 있다면 절대 나쁘지 않은 것 같다. 인생을 잘 살아간다는 것에 대한 정의는 무수히 많겠지만 우리는 이것에 대해 매일 고민해야 하고 앞으로 나아가야 하며 그것에 대한 몸놀림도 멈추어서는 안 된다.

다른 취향의 사람과 산다는 것

나는 관찰 예능을 무척이나 좋아한다. 드라마도 참 좋아하지만, 예능을 더 좋아하며 그중 단연 최고는 관찰 예능이다. 밖에서 혼이 쏙 빠지고 온 어느 날 오물을 뒤집어쓴 기분을 가득 안은 채 방구석에 가만히 앉아 있었다. 왠지 그날따라 그런 징조가 있었다. 기분 나쁜 일이 일어날 것 같은 징조. 결국 기분이 상했고 그 기분을 극복하고 싶어 바로 티브이를 켜고 앉았다. 평소에 긍정 에너지가 넘친다는 이야기를 많이 듣는 편이지만 그날의 나는 긍정의 '긍'자도 생각할 수 없던 날이었다. 그런데 한 시간을 넘는 시간 동안 가만히 예능을 보다 보니 슬금슬금 기분이 나아지는 것을 느낄 만큼 내게 예능, 그중 관찰 예능은 힐링을 안겨주는 매개체가 되었다.

부부의 다른 모습과 같은 모습을 담아 그들의 일상을 관찰하는 한 예능 프로그램을 보며 제일 많은 것을 느끼게 되었다.

부부라는 것은 본디 서로 다른 뱃속에서 다른 환경을 겪으며 자라온 전혀 다른 두 사람의 결합이다. 그저 연인과는 또 다르다. 부부의 인연으로 맺어진 이들은 아무리 같은 동네에서 친한 오빠 동생으로 인연을 맺었다고 하더라도 다른 가정에서 다른 일상을 보내왔을 것이다. 직장에서 만난 인연도 우연히 식당에서 만나게 되는 인연들 역시 마찬가지다. 누군가가 피아노 학원에서 피아노를 치고 있다면 또 다른 누군가는 운동장에서 공을 차고 있었을 수 있고 누군가 엄마 아빠와 밥을 먹고 있을 때 누군가는 책상에 앉아 열심히 공부하는 그런 각자의 시간을 보내며 각기 다른 환경에서 살아왔을 것이다.

그런 사람들이 새로운 환경에서 서로에게 반한다. 그리고 사랑을 시작한다. 따라서 이들은 같은 배 속에서 나온 형제지매, 남매, 쌍둥이 등 그 혈육의 관계보다 더 이해해야 하고 받아들여야 할 것들이 많다. 결혼식장 하나를 정할 때조차 의견이 갈리는 것이 부부다. 그런 두 사람이 부부라는 연을 맺고 가정을 이룬다는 게 결혼이 멀리 남은 나로서도 행복해 보이는 것 반, 답답해 보이는 것 반이라는 느낌을 받곤 한다. 여자든 남자든 가정을 이루면 책임감이 부부이기 전보다 월등하게 높아진다. 아니, 높아져야만 한다. 양쪽 중 한쪽이라도 그 책임감을 상실하거나 본래 지니고 있지 않았다면 원만한 결혼생활은 어려울 것이다. 어떤 영화 속 주인공은 맞지 않는 남편과 이혼을 한다. 큰 문제가 있던 것은 아니다. 서로 추구하는 것이 달랐고 그에 따른 서로가 원하는 부분에 대한 책임감의 부재가 컸다. 그렇다. 사람이 살다 보면 이혼할 수도 있다. 각자의 사정과 차마 다 말할 수 없는 상처들이 있을 것이다. 그것을 아파하며 지속하기보다 이혼이라는 방법이 훨씬 나을 거라 생각한다. 그러나 처음 사랑에 빠졌던 그 날을 생각하면 부부가 헤어진다는 것은 참 아픈 결심이 아닐까 싶다.

연인에서 부부라는 관계로 발전한 이들은 다 다른 특별한 만남의 계기가 있고 쌓아가는 둘만의 형태가 있다. 자식 없이 둘만의 오붓한 시간을 보내며 사는 여유로운 부부 또는 여러 자식과 들들 볶아도 행복하게 사는 부부, 궁합도 안 본다는 네 살 차이 부부 또는 10살 이상이 차이 나는 부부, 여행지에서 만난 부부, 오랜 시간을 돌고 돌아 늦은 나이에 만나게 되는 부부 등 다양한 환경과 나이 차이의 부부가 존재한다. 부부마다 다른 것들이 너무도 많아서 더 신기하고 많은 생각이 들게 되었다. 방송이라는 것을 감안하고 보아도 서로를 쉽게 지치게 할 것 같은 대화를 하는 부부가 있고, 무엇을 하든 응원해주며 따뜻한 대화를 나누는 부부가 있다. 배려하는 게 눈에 띌 만큼 노력하는 부부가 있고 배려보다 자신의 감정을 먼저 표현하는 부부도 있다. 인연이라는 것은 참 감미롭지만 허무한 발라드 같다. 아무리 괜찮은 사람이어도 이상한 사람을 만나게 될 수 있고 정말 이상한 사람이어도 좋은 사람을 만나기도 하는, 조금은 억울한 경우도 있는 것 같다. 흔히 어른들이 말하는 사랑의 콩깍지가 씌면 뭔들 안 좋겠는가. 좋은 배우자를 만나든 좋지 못한 배우자를 만나든 다 나의 운이겠지 싶지만, 누구나 이왕이면 좋은 배우자를 만나고 싶을 것이다. 솔직히 나 역시 그렇다. 한 관찰 예능 프로그램에서 건강검진을 받은 후 아직 마취에서 깨어나지 않은 아내를 보며 눈물을 흘리는 어느 남편의 모습이 나온다. 마취에서 깨어나지 못하면 어쩌나 하는 걱정 때문에 운 것이 아니다. 마취에서 아직 깨어나지 않아 자는 아내를 보며 그동안의 안쓰럽고 고맙고 미안한 감정이 떠올라 자신 역시 마취에서 깬 지 얼마 되지 않았음에도 불구하고 사랑의 눈물을 흘린다. 나와 같이 사는 사람에 대해 익숙해져 있기보다 안쓰럽고 고맙고 미안한 감정을 더 많이 느낀다는 게 참 쉽지 않을 텐데 한참을 감동했고 인상 깊었다. 진정한 사랑의 성숙이라고 느꼈다. 배우자의 자는 모습만 봐도 눈물을 흘릴 사람이 과연 많을까? 이미 익숙해져 사랑이라는 감정을 자연스레 잊고 살기 마련일 텐데 말이다.

태생부터 서로를 만나기 전까지 긴 시간을 다르게 살아온 이들. 당연히 다른 취향과 방향을 가지고 삶을 걸어왔을 것이다. 그 취향과 취향의 결합이 부딪히는 것이 아니라 더 특별해지고 서로의 취향을 존중하되 서로 '하나의 취향'도 만들 수 있는 부부가 많았으면 좋겠다.

사실 이미 많을 텐데 내가 누군가와 부부가 아니라 잘 모르겠다. 부부의 연을 맺은 이들이 유독 특별해 보이는 오늘이다.

영화배우 같다고 말해주세요

우리의 삶은 가끔 영화와도 같다. 참 어이없을 만큼 같잖은 영화다. NG가 나도 다시 찍을 수 없다. 그냥 그 필름을 계속해서 이어가는 것이다. 물론 새로운 필름으로 갈아 끼우게 되는 때는 있을 수 있지만, 주인공이 바뀌지 않는 영화이다. 바뀔 수 없다. 뭔가 밑도 끝도 없이 멋진 느낌이 들기도 한다. 그래서 최악일 때도 있겠지만.

각자의 영화는 관심도 없던 사람이 나를 괴롭히고 예상치 못한 일이 나에게 행운을 가져다주는 줄거리들이 있을 것이다. 그래서 꽤 애틋하고 소중한데 가끔 편집이 절실해지는 영화. 우리는 그렇게 각자의 인생 필름을 쌓아간다. 나는 그 필름을 늘려가는 일이 그 자체로 참 낭만이고 깊은 의미가 있는 멋진 일이라고 생각하고 있다. 젊은이들만 멋진 게 아니다. 몇십 년의 시간 동안 울고 웃는 시간을 차근차근 쌓아와 다양한 컷이 담긴 필름들을 쌓아 올린 나이 지긋한 어른들도 대단하다. 그런데도 살아남았고 살아내고 있고 웃고 있으니까. 삶이라는 건 포괄적으로 또는 단순하게 설명하기 어렵다. 어이없을 만큼 공명정대하지 못하고 진정한 사랑보다 복수심이나 애정 결핍에 시달리며 지나치게 계산적이고 공포의 대상이 넘쳐난다. 그래도 다들 어떻게든 잘 살아낸다. 그것이 정말 쉽지 않은 일이라는 걸 알기에 그냥 그 삶 자체가 아름답고 영화 같다. 그 영화 속에서 살아가고 있는 우리는 그래서 모두 영화배우라고 표현 가능한 것이며, 그렇게 영화감독까지 될 수 있는 것이다. 내가 만들어 가는 나의 인생이라는 영화 속에 제발 무서운 조연은 없기를 바라지만 조연들이 있어서 주연이 빛나는 영화가 대부분이듯 우리는 우리 삶의 등장한 조연들을 통해 아름답게 성장해가고 그렇게 함께 필름을 쌓아가며 감동적인 영화를 완성해 간다. 이 지구에는 몇 억 개의 영화가 만들어지고 있을 것이다. 그 모든 영화를 볼 수는 없지만 내가 주연으로 나의 영화에 참여하고 누군가의 영화에 조연이 되며, 누군가의 영화에 주연까지 되기도 하는 그런 신비. 삶을 영화와 영화배우로 생각할 수 있었던 계기는 목이 말라 들어간 편의점에서였다. 편의점 주인같이 보이던 어르신이 음료를 골라 계산대에 내려놓고 돈을 내미는 나를 보며 대뜸 영화배우 같다고 칭찬을 하셨다. 그 덕분이었다. 유독 밝은색의 옷을 입은 날이라 그랬는지, 단순히 어려 보이는 내 기분을 좋게 하기 위해서인지 알 수 없었지만 "왜 이렇게 영화배우 같아요?"라는 문장은 종일 머리를 떠나지 않는 듣기 좋은 말이자 인생 자체를 두고 생각하게 되는 말이었다. 자신의 가치는 자신이 만들어가는 것이므로 나와 이 책을 읽어주고 있는 고마운 사람들이 더욱 아름다운 가치의 일을 해나갈 수 있게 되길 바라본다. 어떤 장르의, 어떤 제목의 영화를 만들어나갈지는 결국 본인에게 달린 것이다.

누구나 강박감이 있죠

사람에게는 강박감이 있다. 유독 신경 쓰이는, 그리고 계속 신경 쓰이는 강박. 나 역시 몇 가지의 강박을 가지고 있다. 그중 하나는 향이었다. 정말 우연히 내 마음에 쏙 드는 향을 스물한 살 때쯤 찾아냈다. 남자든 여자든 각자가 가지고 있는 아주 현실적인 인간적 체취보다는 인위적으로 만들어졌어도 자연스러운 느낌의 냄새가 더 좋은 것은 사실이니까. 누구에게나 새 출발이 있듯 나에게도 그 시기가 있었고 그때 뿌리게 된 향이라 그런지 내게 너무 중요해졌었다. 이 향을 찾게 된 것이 감격스럽기까지 했고 그 순간을 생생하게 기억한다. '나의 인생 향'이라고 불러대며 세 개나 연달아 구매해 쟁여뒀을 정도라면 이해가 갈지 모르겠다. 꽃 냄새, 엄마 냄새, 익숙한 동네 냄새, 비누 냄새 등이 다 섞인 것 같이 포근하면서도 시원한 향이었다. 그렇게 세 개를 다 소진하고 찾아갔을 땐 이미 단종이 되어 버린 상태였다. 이제 이 지구에 나오지 않는다니. 그 허무함과 안타까움과 당황스러움의 삼 연타를 맞고 난 뒤 이제 무슨 향을 써야 하나 한참을 생각했다. 나는 어느새 내가 사용했던 향만이 나를 표현할 수 있다고 생각하여 강박에 휩싸였다. '단종'이라는 단어가 이렇게 충격적으로 다가왔다는 것은 그만큼 그 향에 집착하고 있었다는 증거가 된다. 일 년의 시간을 넘도록 무척 아껴가며 사용했는데 이제 나는 어떻게 살아야 할지 고민할 만큼 나는 강박을 놓지 못하고 있었다. 나에게는 이 향만 나야 하고, 이 향이라 하면 "어? 세은이 향이다!"라고 사람들이 떠올려 주길 바랐으며 나의 출발선이 되어준 시기에 고른 향이었기에 더 나의 냄새, 나의 것이라는 강박감이 심했던 것 같다. 그렇게 계속 그 향에 대한 끈을 놓지 못하고 있는데 어느 순간 내가 정말 모자린 사람 같았다. 세상에는 수많은 향과 그 향을 만들어 내는 사람들이 있다. 근데 나는 왜 강박을 가지고 집착하는지 스스로가 한심했다. 그저 하나의 냄새일 뿐인데 말이다. 새로운 것에 시도할 줄도 모르는 바보. 갑자기 몰려오는 자책 속에 생각을 달리하기로 했다. 세상에는 좋은 향이 너무 많다는 것, 하나의 향을 고집하기보다 다양한 좋은 향을 써보는 것, 나의 향을 다양하게 기억해주는 것. 그것도 오히려 큰 의미가 있겠다는 생각을 하게 되었다. 그렇게 나는 매번 다른 향을 쓰기 시작했다. 한 통을 다 비우면 써보지 않은 향을 고르고, 그 향을 다 쓰면 또 색다른 향을 사용해보고 그렇게 해서 '나만의' 향은 없어졌지만 '나의 다양한' 향은 생겨났다. 이상한 강박을 깨버리니 오히려 다양한 시도를 해볼 수 있었고, 다양성이 주는 매력을 이해하게 되었다. 강박은 사람의 발목을 잡는다. 그 프레임에서 벗어날 때 많은 부담을 안겨주며 안주하게 만든다. 그래서 내가 향에 대해 가졌던 강박에서 벗어나 때마다 다양하게 쓸 수 있게 되자 단종의 부담이나 나만의 향이어야 한다는 이상한 집착을 없앨 수 있게 된 것이다. 맡은 일은 무조건 제대로 해내야 하는 것과 같은 강박은 자신을 좋은 방향으로 이끌어 좋은 효과를 낼 수 있지만 내가 가졌던 향에 대한 심한 강박감처럼 본인에게 해가 되는 강박도 있다는 걸 기억했으면 좋겠다. 우리는 그 강박을 버릴 수 있다. 할 수 있다. 강박은 사실 집착과 거의 동일한 말이 아닐까 싶다. 편안한 마음이 최고임을 두고두고 기억하고 싶다. 물론 앞서 말했듯 좋은 강박도 있을 수 있다.

사람마다 분명 본인 자신도 알고 있는, 가끔은 무의식적으로 발산되기도 하는 강박 역시 있을 것이다. 강박은 정말 귀찮은 존재지만 나를 나답게 만드는 존재이기도 한 것 같다. 강박 때문에 내가 나를 괴롭히는 일이 없길 바랄 뿐이다. 강박감은 결국 내가 만들어내는 것이기에 본인을 숨 막히게, 어렵게 만드는 강박은 과감하게 버릴 수 있기를. 나도 내가 여전히 가진 강박 중 버려야 할 것은 버리고자 노력해야겠다.

참 좋은 언니의 결혼

내가 고등학생일 때 어떤 남자 선생님을 알고 지냈다. 학교 선생님은 아니지만, 일명 '신생님'으로 나와 내 친구들이 질 따르며 친하게 지냈고 성인이 되어서도 지속적으로 보는 사이가 되었다. 그리고 그분을 별개로 우연히 같은 공간에서 함께하는 시간이 많아져 친해진 언니 한 명이 있다. 이 언니와의 나이 차이는 7살. 적다면 적고 많다면 많은, 보는 사람마다 기준이 달라질 애매한 나이 차이 7살. 또래의 친구들과 나눌 만한 이야기를 자연스레 나누기에는 적지 않은 차이지만 이런저런 이야기를 하다 보면 따뜻하고 좋은 마음들을 배울 수 있기에 내가 참 좋아하는 언니다. 이 언니에 대해 조금 더 이야기하자면 내가 속으로 천사라고 지칭할 만큼 사람이 정말 괜찮다. 못난 심술이 가득한 나를 되돌아보게 할 정도로. 나에게 친오빠가 있었다면 바로 소개해주고 싶을 만큼이라면 아주 완벽한 이해가 될 것이다. 굳이 예를 들자면, 누가 자기 옷에 커피를 쏟아도 '아, 뭐야?' 보다 상대에게 '괜찮으세요?'를 먼저 던질 것 같은, 천성이 남다르다고 느끼는 좋은 사람이다. 천사 언니는 객관적으로 봐도 예쁘고 주관적으로 보면 더 예쁘다. 사람이 그렇게 고울 수 없다. 보기만 해도 기분이 좋아지는 주변에 점점 보기 드물어지는 사람 중 하나이다. 그런 천사 언니가 공개한 충격적인 사실은 내가 첫 줄에 소개한 그 남자 선생님과 결혼을 하게 되었다는 소식이었다. 세상이 참 좁다고 느껴지기도, 인연이라는 게 소름 돋을 만큼 신기하기도 했다. 그 둘을 각기 따로 알고 지내던 내게 그 둘의 결합은 어마어마하게 놀랄 이야기였다. 각자의 주변만 보더라도 종종 예상치 못한 사람의 조합이 있지 않은가. 둘이 연애를 시작한 뒤 거의 일 년이 다 되어 갈 때쯤 내게 이야기해 주게 되었고, 그 사실에 놀라움을 금치 못할 무렵 나에게 결혼 발표까지 해주었다. 이 연타를 맞았다. 내가 아는 두 사람의 결혼은 나에게 경이롭기까지 했다. 이 언니와 카페에서 나누던 소소한 이야기 속에는 결혼에 대한 이야기도 많았고 서로가 어떤 상대를 만나게 될지 아직 알 수 없지만, 같이 상상하며 기대하는 이야기를 나눴었다. 어른의 이야기 듣는 걸 좋아하는 내가 일방적으로 질문해서 듣게 된 내용이 조금 더 많긴 하지만. 그랬던 언니가 실제로 결혼을 한다니, 이 얼마나 낯설고 깜짝 놀랄 일인가.

물론 결혼은 현실이라 내게는 아직 큰 기대보다 두려움이 크다. 막상 원할 때 상대가 없을 수도 있는 일이지만 늦출 수 있다면 늦추고 싶은 일이다. 아무튼 언니는 나보다 결혼에 대해 긍정적인 생각과 관심이 있었고 그 결실의 이야기를 듣게 되는 건 나에게 감동의 순간으로 남아있다. 나 역시 결혼 발표를 하는 순간이 왔을 때 다른 누군가가 내가 이 커플의 결혼 발표에서 느꼈던 큰 감동과 감격을 느낄 수 있을까 싶을 만큼 뭉클했다.

흔히 결혼식이 끝난 후에는 많은 말들이 쏟아져 나온다. 부정적인 반응들이 많다. '신부가 걸음이 너무 어색하더라, 신랑이 신부 쪽을 별로 안 쳐다보더라, 부케가 안 예쁘더라, 신랑 아버지가 너무 늙었더라, 깔창을 심하게 깔았더라.' 등, 주변 지인의 결혼식이 끝난 어느 사석에서 모두 실제로 들은 이야기이다. 결혼식에 참석한다는 것은 그 둘의 결실을 진심으로 축하하러 가는 것으로 생각했던 나는, 나오는 뒷말이 두려워 정말 가깝고도 가까운 사람들만 초대하여 진행하는 스몰 웨딩의 꿈이 생기기 시작할 만큼 충격이었다. 나는 그런 평가보다 어떤 형태로 결혼을 하든 무조건 축하해주고 싶었다. 특히나 이 커플만큼은. 다행히 내가 아끼는 이 둘의 결혼은 들은 뒷말 하나 없이 모두의 축복 속에 진행되었다. 두 달 전쯤 결혼 소식을 전하던 언니가 이제는 한 남자의 아내가 되어있다. 그것도 내가 아는 사람의 아내! 아름답고 신기하다. 사람들은 모두 새 출발 하는 시기가 있다. 그것이 새 직장에 입사할 때든, 연애를 시작할 때든, 무엇인가에 도전할 때든 가짓수야 많겠지만 그중에서도 정말 중요한 새 출발의 시기는 결혼할 때가 아닐까 싶다.

혼자가 아닌 옆에 어떤 이가 있다는 그 사실이 각자의 삶에 자양강장제 같은 역할을 할 수도, 어느 순간에는 부담이 될 수도 있다. 매 순간 좋을 순 없겠지만 그래도 평생 짝이 있다는 건 매우 괜찮은 기분이지 않을까. 이제 내가 좋아하는 그 둘은 하나가 되어 한집에서 살고 있다. 그것이 결론이다. 둘이라는 소중한 사실을 마음껏 누리고 즐기며 숱한 행복에 젖어 살아가길 바라야겠다. 조금은 부러움의 생각도 들고, 나 같은 사람도 누군가와 하나가 되는 일을 할 수 있을까 싶기도 하다. 아직 하지 않아도 될 의미 없는 걱정이 찾아오는 나의 책상 앞이지만 그 둘을 떠올리자 걱정은 가라앉고 잔잔한 행복이 몰려온다. 이 둘을 만나면 맛난 밥 사달라고 졸라야겠다. 내가 그 누구보다도 둘의 행복을 많이 바랐고 지금도 바라고 있으니까.

누군가에게 나를 내려놓고 기댄다는 건

나는 자존심이 없는 편이다. 누군가 무릎을 꿇으라 하면 자존심 상해 꿇지 못할 일은 없을 정도로. 그런데 이상한 자존심을 부리게 되는 것이 딱 하나 있다. 바로 울지 않는 것이다. 나는 내가 우는 것을 싫어한다. 누구나 자신이 갖고 싶지 않은 모습이 있고 보이고 싶지 않은 모습이 있다. 나는 그게 울지 않는 일이다. 자신이 마음껏 소리 내 울 수 있다면 나는 그 사람을 당당하고 멋있는 사람으로 생각할 것이다.

나도 스무 살 때까지는 잘 울었다. 친구들과 영화를 보다가 옆 친구의 팔을 붙잡고 울고, 드라마에서 마음 아픈 장면이 나오면 아무렇지 않게 옷소매로 닦아가며 울었다. 그 옷소매에는 더러운 콧물도 잔뜩 묻고 그랬다. 마음 어려운 일이 있으면 혼자서도 잘 울었고 그것을 굳이 숨길 필요가 없었다. 눈물을 흘린다는 것은 기뻐서 흘리는 눈물도 있겠지만 대부분 마음이 어렵고 힘들어서, 부정적인 반응에서 나타나는 모습이다. 그것이 본인의 상황 때문이든 드라마 이야기 속 시각적 자극 때문이든 간에. 그런데 어느 순간 울기 직전에 느끼는 부정적이고 어두운 기분이 너무 싫었다. 나에게 힘든 일은 없어야 하고 슬픈 생각도 없어야 한다고 여기기 시작했다. 한 번 사는 거 좋은 생각만 하고 울 만큼 어떤 일에 아픈 감정을 싣고 싶지 않았다. 그래서 나는 스물한 살 여름부터 울지 않고 씩씩하게 살기 위해 부단히 애쓰고 있다. 그 뒤로 나는 엄마와 크게 다툰 때를 제외하곤 단 한 번도 울지 않았다. 그 한 번을 제외하곤 이년 내내 울지 않았다. 사람이 눈물을 흘려야 할 상황은 수두룩하다. 눈물을 흘린다는 것이 마음을 시원하게 만들어주는 통치약이 된다고도 하지만, 내 입장에선 맘껏 울며 마음을 쏟아낸다고 해서 그 어떤 것도 달라진 적이 없었으며 오히려 내가 나약하다고 느꼈었다. 그것이 내가 울기 싫어하는 가장 큰 이유로 자리 잡았다.

내가 내 눈물에는 고약해서인지 도리어 남의 눈물에는 무척이나 약하다. 친구가 남자친구와의 헤어짐을 받아들이며 엎드려 울던 모습, 친한 언니가 자취 중 형광등 갈아줄 사람이 없다는 걸 깨닫고 서러워 울었다고 이야기할 때, 상사에게 잔뜩 깨졌다며 그 싫은 소리를 듣고 있던 자신이 불쌍해 못 견디겠다고 터뜨린 무기력한 눈물, 그냥 다 엉망이라며 날 붙잡고 울음을 터뜨리는 친한 오빠를 보았을 때 등 타인의 우는 모습은 진심으로 안쓰럽고 마음이 쓰이며 도와줄 수 있다면 도와

주고 싶고 가서 혼내줄 수 있다면 혼내주고 싶다. 눈물을 흘리기까지의 그 과정이 얼마나 외롭고 쓸쓸하고 혼란스러웠을까 싶어서 무조건 나에게 기대라고 말하며 달래준다. 근데 나는 저들과 별 다를 바 없는 고통을 겪으면서도 슬프다고 말하지 않는 것은 물론, 울기가 싫다. 쓸데없지만 꺾기 싫은 이 고집, 온갖 자존심을 다 부려 지키고 싶은 고집이 누구에게나 존재한다. 물론 내가 의지하는 사람은 많다. 그러나 울음을 터뜨리며 온갖 감정을 표출할 만큼 기대고 있는 사람은 없다. 어쩌면 기대고 싶지 않아 나 스스로가 벽을 치고 있는 건지도 모르겠다. 힘들 때 서로 기대며 서로를 위로해주어야 더 깊은 관계가 된다고 믿는 사람들에게 있어서 내 인복을 내가 차고 있는 것일 수도 있다. 그러나 누굴 잡고 운다고 가정했을 때 그 상대라고 힘든 게 없을까, 더 울고 싶은 건 아닐까 싶은 마음에 민폐를 끼치는 것 같고 미안하다. 분명 내가 엄한 일을 당해 눈물을 흘리게 된다면 달려와서 달래줄 사람들이 있고 그들의 얼굴까지 떠오르지만, 이놈의 자존심은 내가 울도록 허락하지 않는다. 누군가에게 더 기댈 줄 알고 기대는 것을 시도하는 사람이 되어야 할 텐데 어렵다. 사람은 태어나자마자 울기 시작한다. 울음은 인간에게서 뗄 수 없는 하나의 반응이자 눈물샘에서 나오는 분비물일 뿐이다. 별것 아닌데 누군가 앞에서 울면 기대고 싶어 하는 모습으로 비칠까 참게 된다. 그 어떤 서러운 상황과 화가 나는 상황 그리고 억울한 상황 역시도. 누군가에게 나를 온전히 내려놓고 기댄다는 것이 이리도 어려운 일이었던가 생각해본다. 나는 사람들이 힘들 때 내게 기대고 내게 힘들다고 말해주기를 바란다. 뭐, 기대지 않는다고 서운한 것은 아니지만 내가 온전히 받아줄 자신이 있고 상대에게 힘을 주고 싶은 마음이 크다. 그런 사람이 여기에 있으니 편히 다가와도 된다고 말하고 싶다. 그런 나는, 과연 누구에게 온전히 다 쏟아내며 기댈 수 있을까? 서른이면 가능해질까? 더 어려울까? 어쩌면 그저 단순한 감성팔이 같을 수 있지만, 누군가에게 날 기대는 일이 생각보다도 어렵고 낯설다. 잔뜩 울고, 나를 내려놓고 기대며 힘들다고 말할 수 있는 날이 왔으면 좋겠다. 모두의 삶은 서로를 조금씩이라도 기대야만 지치지 않을 테니.

Forever Young : 영원히 어리기

'너는 어려서 괜찮아.'라는 말.

나는 항상 나의 어린 나이가 나의 철없고 모자란 부분을 덮어주고 모든 이들이 나를 이해해주는 무기라 생각했다. 인간은 각자 하나씩 보이지 않는 무기들을 가지고 아주 교묘하게 잘 숨기며 살고 있다. 나는 그것이 젊음이자 어린 나이이다. 많은 이들이 내게 베푸는 좋은 마음들이 어쩌면 그냥 나 자체에 주는 마음일 수 있음에도 어느새 나는 그 이유가 단지 내가 어려서 띄워주는 그런 호의라고 단정 짓고 있었다. 내가 어른들에게 귀염을 받는 이유 역시 어려서이기 때문이라고 생각했다. 이 역시 하나는 알고 둘은 모르는 생각일 수 있지만, 결론적으로는 그랬다. 그래서 항상 어리다 들을 때마다 말하는 상대가 어려서 좋겠다, 부럽다는 의미가 아닌, 단순히 얕보는 뜻으로 내뱉은 부정적인 말의 의미가 있다 하더라도 기분이 좋았다. 엄마 아빠에게 영원히 어린 딸내미가 되고 싶은 마음이 있었다. 철이 들면 엄마 아빠를 보는 게 마음이 아플 것 같아서라고 표현하기에는 낯간지럽지만, 마냥 어려서 내가 더 이해받고 싶고 사랑받고 싶고 뭐 그런 마음 때문인 것 같다. 그러나 누구에게나 시간은 흐르고 나 역시 아직은 어리다는 이야기를 훨씬 많이 듣는다지만, 아주 마냥 어린 나이는 지나가고 있다. 성인이 된 친한 동생들이 벌써 내 밑으로 세 나이대가 있다니. 3040 또래분들이 본다면 도긴개긴, 웃기는 소리라고 생각할 수 있지만 내게는 이 역시 큰 변화이다. 그렇게 나는 나이가 들어감을 슬슬 이해하고 받아들여야 하는 때로 진입하기 시작했는데 사실 조금은 재미있고 조금은 무섭다. 유연하게 늙어갈 수 있을 것 같다는 마음과 내가 나를 쌓아가는 것이 참 행복하다 느끼지만, '어려서' 얻은 것들이 내게는 많다는 걸 무시할 순 없다. 타인 때문만이 아니다. 나는 또래에 비해서도 유독 늦게 이제야 겨우겨우 멋을 부리고 나를 꾸미고 다듬는 것들을 알아가고 있는데 이렇게 후다닥 시간이 흐르다가 제대로 멋 부릴 나이를 다 지나 보내는 것 아닐지 나름 진지하게 생각할 때가 있다. 근데 잠깐 사실 그건 아니지, 멋 부리는데 나이가 어디 있어. 이렇게 그냥 막 이런저런 아무 영양가 없지만 나름 깊은 생각을 하게 만드는 것들이 나를 가끔 찾아온다. 나를 보면 피부가 왜 그렇게 탱글탱글 좋으냐고 칭찬해주던 사람들이 언젠간 나를 보며 그런 말이 쏙 들어갈 것이고, 실수해도 그 나이 먹고 실수해? 라고 핀잔 둘 것만 같아 두렵다. 언제부터 어른이란 이름 하나로 실수

하나 용납되기 어려운 세상이 되었을까. 책임져야 할 일들이 끊임없이 생기고, 무엇이든 내가 해결해야 한다는 것. 이 역시도 두렵다. 이 세상 어른들은 어떻게 어른이 되었을까. 두렵지 않던 이들도 있을까? 어른이 되어간다는 것을 받아들이는 바로 그 과정에서 얼마나 많은 혼란이 있었을까. 성장한다는 것은 내가 의도하든 의도하지 않았든 겪게 되는 일이라 참 신기하다. 누구든 모두 나이가 들 것이고, 이미 들기도 했을 것이다. 내가 년도 마다 목표를 하나씩 마음에 새기는데 바로 내년의 목표가 '나이에 유연해지자'이다. 어리면서 무슨 벌써 이런 생각을 하느냐고 신기하게 바라보는 이도 있을 것이다. 그래서 유연해지고 싶다. 의미 없으니까. 내 밑으로 성인인 동생들이 늘어나는 것도 그냥 자연스레 받아들이고, 대학교를 졸업했지만 학교에서도 화석이라 불릴 나이라는 것도 받아들이고, 체력이 점점 떨어져 가리라는 것도 받아들이고 싶다. 그저 자연스럽고 유연하게. 나이가 들어간다는 건 실로 아름다운 일도 맞지만, 세상의 잣대가 너무 어리고 젊은 것에 맞춰져 있는 것 같아 그걸 즐기면서도 사실 안타깝다. 세상에서 그렇게 기준을 매긴다고 나의 중심을 꼭 그에 맞춰야 하는 것은 아니기에 얼굴에 주름이 슬금슬금 보이기 시작한대도, 나도 모르게 잔소리가 많아지고 혼잣말이 늘어도, 뛰어놀 수 있는 체력이 사라져도 기죽지 말고 어깨를 쫙 펴며 살아가야겠다는 어쩌면 현시점으로 딱히 의미 없을 생각을 하며 오늘 하루를 보낸다. 알 사람은 안다는 주름의 담긴 깊은 의미들을 믿어보려 한다. 감히 그 긴 시간을 보내오지 않았다면 가질 수 없는 그 주름.

이상한 욕심들이 있더라

무언가를 욕심내는 것은 당연히 그럴 수 있는 일일까 나쁜 것일까. 가령, 어느 여름밤에 내가 좋아하는 사람들을 전부 다 데리고 길가에 앉아 노래를 부르고 싶다면 괜찮은 욕심이지 않을까? 친구가 가진 타고난 재능을 내 것으로 만들고 싶다면 이것은 나쁜 욕심이 아닐까? 세상에는 별 욕심들이 다 있다. 최근 출산을 한 어떤 언니가 내게 말해준 타인을 통해 느낀 '하나의 욕심'에 관한 이야기를 해볼까 한다. 바로, 자식 욕심이다. 나는 원래 아기를 좋아하지 않는다. 어릴 적에는 좋아했는데 어느 순간 귀찮은 존재이자, 보이는 귀여움이 끝이라고 생각하게 되었다. 딱히 큰 이유는 없다. 그러던 어느 날 내가 일하는 곳에 계신 선생님 두 분의 아이들을 만나게 되었고 나는 첫눈에 반하고 말았다. 두 아이는 개월 수 차이는 났지만 모두 네 살이었다. 미운 네 살이라고들 하는데 한 아이는 어쩜 그리 사랑스럽고 작으며 뭘 입어도 귀엽고 엄마 바라기인지 모른다. 다른 한 아이는 말을 참 예쁘게 잘하고 똑똑하며 역시 안아주고 싶을 만큼 잔뜩 사랑스럽다. 가까이에서 마주하다 보니 귀찮은 존재가 아니라 귀한 존재라는 생각이 들었다. 정말 귀엽고 안아주고 싶고 눈이 번쩍 트이는 기분을 느끼게 된 것이다. 그래서 내 안에는 아이를 바라보는 새로운 시각이 아주 조금씩 꿈틀대기 시작했다. 본론으로 돌아와 남의 눈에도 남의 아이가 이렇게 예쁜데 부모의 눈에는 얼마나 예쁠지 알 만하다. 그런데 그 언니가 부정할 수 없는 말을 던졌다.

"자식이 한 명만 있거나 아예 없는 가정은 아이를 여럿 가진 집에 대해 왈가왈부하지 않는데 자식이 여럿인 집은 왜 없는 집에 애 낳으라고 오지랖을 부리는지 모르겠어."라고 꽤 언성을 높이며 이야기했다. 이제 겨우 첫째를 출산한 스물아홉 살의 아이 엄마에게 주변 셋, 넷을 낳은 산후조리원 엄마들이 벌써부터 애는 더 낳아야 좋기에 자식 욕심을 가지라고 이야기하며 아이가 많은 것에 대한 장점을 메신저로까지 보내온다는 것이었다. 그러면서 하는 말, '애가 많으니까 참 좋아 보이지? 자식 욕심은 여자한테 꼭 필요해.' 언니가 보여준 메신저 내용은 솔직히 충격이었다. 내 시선으로는 자식이 많은 집의 경우 북적북적 화기애애한 모습이 좋아 보이고 자식이 적거나 없는 집은 그들대로 여유가 넘치고 편안한, 어딘가 모르게 안정적인 느낌이 좋아 보인다. 남은 생각보다 당신이 몇 명의 아이를 가졌는지 관심이 없다고 말하고 싶은 걸

꾹 참았다는 언니의 말이 공감되었다. 물론 자식이 아무리 많아도 자신들만의 경계 안에서 행복하게 살아가는 집도 많을 것이다. 자식 부심이나 자식을 많이 낳는 것에 대한 강요를 하지 않는 집 역시 분명 많을 거라 양해를 구하고 이 글을 쓴다. 주변에서 일명 자식 욕심과 이어 자식부심을 부리는 집을 나 역시도 꽤 많이 보게 된다. 사실 요즘 젊은 세대는 자식에 대한 욕심이 줄어드는 추세다. 본인의 삶이 더 중요해지고, 대가 없는 희생을 원하지 않기 때문이다. 물론 자식을 낳아보면 달라지는 생각들이 존재하고 참 귀하며 소스라치게 온유한 감동이 찾아올 거라는 것도 모르는 것은 아니다. 구름 위를 떠다니듯 진정한 행복을 알게 될 수도 있을 것이다.

나의 뱃속에서 하나의 생명이 완성되어 태어나는, 아는 사이거나 어떠한 것을 받은 게 아님에도 나의 모든 것을 퍼부어 주게 되는 존재. 그래서 감격에 젖어 희생과 비례할 만큼의 행복도 주어질 것이다. 그렇겠지만 내 주변 언니들 동생들은 10명 중 7명은 모두 아이를 낳는 것에 마음이 없다고 대답한다. 주변에서 아이에 대해 그리 긍정적이지 않은 반응을 듣다 보니 무엇이 맞는지 잘 모르겠다는 생각이 들었다. 이어 자식이 하나 있는 집에 "에이, 적어도 둘은 있어야지!"라며 훈수를 두는 어르신도 있다. 많든 적든 각 부부의 마음이자 결정이라는 생각이 드는 건 나뿐인 걸까. 자식이 많아도 좋고 없어도 좋다. 적어도 역시 좋다. 그냥 각 부부의 선택이다. 나는 자식을 낳겠다는 계획은 가지고 있다. 가능할지는 모르겠지만. 그런데도 요즘 늘어나는 딩크족들을 긍정적으로 바라보고 대단한 결심이자 부러운 결정이라고 인정한다. 자식에게 돈 하나 들이지 않아도 되는 경제적인 여유로움과 그 아이의 만19년 동안의 인생을 기본적으로 책임져 주어야 하는 의무감에서 벗어날 수 있음이 해방된 사람들 같아 보인다. 이러한 이야기를 쓰다 보니, 쓸수록 잘 모르겠다. 아이를 다섯 명까지 낳겠다고 결심하던 중학교 때의 내가 웃긴 날이다. 왜 그때는 혼자서 그런 결정을 했을까? 갑자기 인생이 복잡하게 느껴진다. 아무튼 자식에 대한 사랑 욕심만 많았으면 좋겠다. 누군가의 엄마가 되는 그날이 올지 궁금한 밤 열 시다.

있을 수 없는 상황들 속에

우리는 겪지 않았다면 삶이 달라졌을 거라 여기게 되는 일들을 살면서 수두룩하게 겪을 것이다. 스스로 또는 타인에게. 나는 아직 마음의 큰 상처로 남을 만한 일을 겪어보지는 않았다. 있을 수 없는, 일어나서는 안 되는 상황들이 펼쳐질 때 나보다 더 앞서 사는 이들이 어떻게 무너지지 않았고 무너졌다면 어떻게 방향을 잡고 다시 일어섰는지 알고 싶다. 외국의 한 독립 영화를 보던 중, 대단한 경력과 행복한 가정을 이루며 살아가는 한 여자 주인공이 있었다. 그 주인공은 조발성 알츠하이머라는 병에 걸리게 된다. 그동안 쌓아온 멋진 추억과 기억을 잃어가는 것이다. 그녀는 짧은 시간 사이에 참 많이도 변한다. 집 안에서 화장실을 찾지 못해 바지에 실례하고, 한 달 동안 잃어버린 핸드폰을 어젯밤에 잃어버렸다고 생각할 만큼 상태가 악화된다. 그녀는 과연 자신의 삶에 '알츠하이머'라는 병이 올 것을 예측했을까? 전혀 아닐 것이다. 있을 수 있다고 생각해본 적 없는 상황이었을 것이다. 무섭다. 그중 내가 제일 두려워하면서도 때때로 받아들일 준비를 해보는 것은 바로 '죽음'이다. 죽음은 뭘까. 내 친한 친구의 아버지가 돌아가셨을 때 그 소식을 듣는 순간 나는 심장이 내려앉았다고 표현해도 무방할 만큼 정말 놀라고 마음이 아팠다. 태어나서부터 지금껏 함께해온 '아빠'라는 존재를 잃게 된다는 것, 얼마나 겁이 나는 일일지 감히 상상되지 않았다. 위독하시다는 연락을 들었을 때부터 심장이 두근거리고 벌렁거렸다. 장례를 마친 뒤 그 친구 곁에서 함께 발인하러 간 어느 날, 한창 열심히 살고 있을 나이에 여자분이 영정사진 안에 있는 것을 보게 되었다. 마음이 심란했다. 죽음이라는 걸 어쩌다 벌써 맞이했을까 하는 생각과 더불어 죽음은 그 누구도 막을 수 없다는 것을 실감했다. 죽음 앞에 인간은 후- 불면 날아가는 민들레 씨앗만큼이나 약하구나 싶었다. 두려워지고 낯설었다. 도저히 내 머릿속과 계산속에 있을 수 없는 모습이었다.

사실 죽음뿐만이 아니다. 우리가 숨을 쉬고 살아갈 때조차 있을 수 없는, 상상도 하지 못한 일들이 우리를 덮쳐 올 것이다. 내가 이 글을 적고 있는 시점으로부터 이틀 뒤에 안 좋은 일을 겪을 수도 있다. 또는 이로부터 삼 년 뒤 오 년 뒤 이십 년 뒤 그 언제일지 아무도 알 수 없다. 그것은 보통 아끼는 사람의 죽음도 해당할 것이고 친한 친구와의 인연이 끝나는 것, 배우자의 배신, 대차게 당하는 사기, 건강한 육신의 무너짐 등

이 있겠지. 실은 이보다 더한 상황들까지도 우리에게 다가올 수 있다. 그럴 때 우리는 그것을 어떻게 받아들이고 이겨내야 할까? 과연 나는 지금의 당당함으로 있을 수 없는 상황들을 마음에 잘 묻고 살아갈 수 있을까? 어떻게든 이겨낼 것이고 이겨내야 살아가겠지만, 문득 삶이라는 대장정이 험하게 느껴진다. 훌쩍 지나가는 시간이라지만 분명 긴 시간이기 때문이다. 지금껏 스물셋이 되도록 무난한 삶을 살아올 수 있었던 것은 어쩌면 큰 축복이다. 이 글을 읽고 있는 내가 몇 해를 탈 없이 살아왔는지 세어보면 실로 감사함의 마음을 가지지 않을 수 없다. 그렇게 각자의 감사함으로 당신의 삶을 묵묵히 채워간다면 있을 수 없다고 여길 만큼 충격적인 일들이 다가오더라도 조금은 유연하고 긍정적으로 이겨낼 수 있지 않을까? 그렇다면 누군가가 날 배신했을 때 그래, 배신할 수도 있지 라는 유연함과 누군가 나의 아이디어를 낚아챘을 때 선수칠 수도 있지 라는 유연함은 어느 정도를 더 살아야 생기는 여유일까. 자세한 기억은 나지 않지만 이와 비슷한 이야기를 어떤 한 어른과 나눈 적이 있었다. 그분은 아련하고도 처량한 미소를 띠며 "50대 어른은 단단해서 안 그럴 거 같니? 우리도 다 똑같아. 똑같이 상처받고 똑같이 힘들고 똑같이 괴롭고 열 받아."라는 대답을 내어주셨다. 몇 해를 살아도 모두에게 상처는 상처고, 괴로움은 괴로움인가 보다. 그분의 말씀을 들은 뒤로는 굳이 유연해지려 애쓰기보다 무슨 일을 겪든 헤쳐나가기 위해 노력하고 최선을 다해 극복하는 어른이 되어야겠다고 깨달았다. 어렵겠지만 아주 조금이라도.

엄마에게 미안해

나는 정말 주변 누구도 상상할 수 없을 만큼 엄마에게 많은 상처를 주었다. 언뜻 보기에 엄격한 엄마를 무서워하는 말괄량이 딸내미지만, 우리 엄마를 엄격하게 만들기까지 나의 잘못이 너무 컸다는 부분도(수많은 변명거리를 가진 나지만) 인정하지 않을 수 없다. 엄마의 말을 차분히 잘 듣던 언니와 밝고 튀는 나. 성향 다른 두 딸에게 각각 맞는 교육 방식이 필요했다고 생각해왔다. 왜 이건 안 되는지 조금 더 친절히 설명 듣기 원했고 다그치며 안된다고 하면 괜한 반발심이 빗발쳤다. 그런데도 엄마도 엄마가 처음이었으니까 부족해야 하는 것이 당연하며, 나 역시 엄마의 방식을 이해하고 받아들일 줄 아는 순종과 배려심이 부족했던 게 분명하다. 우리는 모두 가족이라는 테두리를 너무도 안일하게 생각한다. 태어나서부터 그랬으니까. 베풀어 주는 것을 받는 것이 당연하다고 인식하게 되었으니까. 어쩌면 당연한 게 맞는지도 모른다. 자식을 낳기로 한 건 내가 태어나겠다고 우겨서 나온 것이 아닌 부모님의 결정이기에 책임을 지는 것은 맞다. 당연한 것 같다. 그래도 난 그걸 감사할 줄 알아야 했는데 그러지 못했다. 엄마와 내가 자주 다툴 때면 옆에서 난감하고 곤란해하는 아빠와 언니를 배려하지 못한 것도 참 미안할 때가 있다. 어째서 딸이라는 건 엄마를 못 이겨서 안달이었을까. 물론 지금도 여전히 다투지만, 예전과는 결이 다르다. 서로 배려하고 받아들이는 폭이 조금은 더 넓어졌다. 남편이 죽고 존재도 모르던 아들을 키우게 된 젊은 엄마가 등장하는 영화에서는 젊은 엄마가 존재도 모르던 아들을 위해 큰 노력과 친절을 베푼다. 근데 몇십 년을 봐온 엄마에게는 얼마나 얄밉게 구는지 모른다. 영화인데도 아, 저건 좀 못된 것 같다며 혼잣말을 했다. 그런데 심세은, 너는? 이라는 물음도 함께. 대다수 모든 딸들이 나도 그렇다며 같이 공감해줬으면 좋겠다. 엄마에게 드는 죄책감을 이 세상의 모든 딸과 함께 덜고 싶다. 나는 그저 춤을 좋아하고 까불기를 좋아하며 공부에 진심으로 흥미가 없는 둘째이자 막내딸이었다. 심세은을 그대로 인정해주길 바랐던 것뿐이었다. 그 모습이 엄마에게는 맨날 신바람만 나 있는 딸, 진지한 모습이 없는 딸, 이렇게 크다가 뭐가 될지 종잡을 수 없는 딸이고 불안해서 잡아주고 싶어 더 엄격했던 것 같다. 그래서 엄마와 나는 무척이나 어렵고 난감한 관계에 놓여 있었다. 서로의 욕심이나 희망 사항을 이해하기보다 각자의 주장을 너무도 신랄하게 펼쳐댔고 그래서 자주 다퉜다. 엄마의 마음을 회복시켜 주고 싶다. 서로 화해하면 금방 말도 많이 하고 화목하지만, 우리에게는 여전히 묘한 벽이 있었다. 그래서 나는 애교 많은 딸이고 까불기 좋아하는 딸임을 있는 그대로 인정해주는 아빠한테 더욱더 살갑게 대해왔다. 지금 와서 생각해보면 엄마에게는 그게 무척이나 얄밉지 않았을까 싶다. 사춘기를 겪고 괜히 어색해진 아빠에게도 미안한 점이야 많지만, 엄마에게 미안한 것은 그보다 훨씬 더하다. 비행 청소년으로 살아온 것은 아니다. 성인이 되어 지나친 술 담배를 한 것 역시 아니고 사고를 치거나 몇백만원의 돈을 물어내야 할 짓을 한 것도 아니지만 자잘한 잘못들이 참 컸다. 가족끼리 더 잘 지켜야 할 기본적인 배려도 부족했고, 가족으로서 쏟고 주어야 할 마음을 주지 못했다. 나를 먼저 챙기느라 바빴다. 그게 더 재미있고 좋았다. 그래서 결국 부딪히는 상황이 다가왔을 때 거기서 멈추지 않고 대들었다. 그런 작은 상처들을 넘치게 주었고, 받았다. 앞으로 어떻게 살아야 엄마에게 미안함을 줄여갈 수 있을지 일고 싶다. 누구나 다 부족한 딸과 아들일 덴데 알려줄 사람이 있을까? 알면서도 잘하지 못하는 게 사람이다. 참 간사하고 아이러니한 인간의 심리. 결국 알려줘도 실천할 수 없을 것 같다. 그 마음을 꺼내 닦아 다시 넣어줄 수 있다면 차라리 나을 텐데. 그래도 노력해야겠다. 조금이라도 밖에서 하듯 좋은 말 예쁜 말을 건네고 내가 살아가고자 하는, 추구하고자 하는 방향을 엄마에게 차분히 잘 전달할 수 있는 신뢰감 드는 든든한 딸. 그렇게 되고 싶다. 일단 집에 가서 청소해야겠다. 바닥에 머리카락도 좀 줍고 엄마가 해준 요리에 엄지손가락을 들어줘야겠다.

옥상의 맛

옥상이 주는 그 묘한 공간의 아름다움이 있다. 내가 스무 살부터 스물셋 봄까지 살았던 주택에서는 옥상을 거의 우리 집에서 단독으로 사용할 만큼 다른 층, 어떤 가구에서도 사용하지 않았다. 그때의 나는 옥상을 열심히 애용했다. 딸 걱정이 많던 엄마는 옥상은 모두가 자주 찾는 곳이 아니고 누가 숨어 있을지 모르니 혼자 올라가지 말라며 걱정하곤 했지만, 몰래몰래 잘만 올라갔었다. 산도 보이고 곳곳의 집들도 보였다. 아늑한 집이었음에도 옥상에만 올라가면 높게 펼쳐진 하늘 덕에 광활한 느낌을 받으며 참 많은 것을 보고 차분히 마음을 다스릴 수 있었다. 높고 높은 하늘과 저녁노을은 내 마음을 벅차게 할 만큼 좋았다. 진정한 옥상의 맛을 느낄 수 있는 순간이었다. 긍정적이고 건강한 삶을 추구해도 문득 떠오르는 나쁜 잡생각들이 있다. 나는 왜 살이 찔까, 그 사람은 왜 나에게 그런 말을 했을까, 오늘 그 말은 하지 말았어야 했는가 등. 그리고 나에게 옥상은 그것을 날려버릴 만큼 아름다웠다. 버리고 싶은 생각들은 순식간에 털어낼 수 있었다. 그 분위기에 홀려 누가 보면 비웃을 만큼 스스로 하고 싶은 말을 입으로 꺼내 혼잣말을 하기도 했다. 이렇게 좁고 허름한 공간이 좋은 광경을 맛보게 해주는 것이 옥상을 다시 찾게 만드는 이유였다. 누구에게나 이 넓고 넓은 세상 속 자신의 마음을 차분하게 만들, 아무도 날 방해하지 않을 피신할 곳 하나쯤은 있어야 하지 않겠는가. 그것이 내게는 옥상이었다. 내가 아는 오빠는 자신의 집 베란다라고 이야기했다. 대단한 곳이 아니어도 나의 마음을 편안하게 해주는 곳이면 다 아지트다. 그뿐만이 아니다. 그 피신처가 자신만이 아는 공방이나 카페일 수도 있으며, 꽃들이 활짝 핀 골목길 어느 곳일 수도 있다. 이 각박한 세상에서 내 방, 내 집 말고도 분리되는 곳이 또 하나 있어야 어딘가로 도망가고 싶을 때 나를 놓지 않고 잃지 않고 살 수 있지 않을까. 옥상을 갔던 순간들, 그곳에서 느꼈던 소소한 황홀감은 꽤 선명하게 내 마음속과 머릿속에 남아있다. 잊을 수 없는 찰나의 순간들이 사람의 중심을 잡게 돕는 것 같다. 그때 그곳에서 내 살결에 닿았던 바람도 여전히 기억한다. 위로가 되고 행복이 되는 공간이었다. 현재 아파트로 이사를 오는 바람에 옥상은 갈 수 없게 되었지만 또 다른 아지트를 찾고 있다.

다들 자신의 마음과 생각을 내려놓을 수 있는 공간이 어느 곳인지 궁금해지는 밤이다.

망한 다이어트

요즘 세상의 다이어트는 누군가에게 잘 보이기 위한 체중 감량 정도가 아닌 본인이 본인의 마음에 들도록 자기관리를 하는 항목이라 할 만큼 대부분의 사람이 관심을 두고 있는 분야이다. 나는 아, 진짜라는 말을 할 때마다 다이어트에 실패한다. 아, 진짜 이번이 마지막으로 먹는 거다-라던가 아, 진짜 이렇게까지 하면서 다이어트를 해야 하나-라는 말 등등. 사실 '이렇게까지'라는 단어를 쓸 만큼 제대로 한 적도 없으면서 말만 많은 게 어쩔 수 없는 나의 한계치이다. 매 순간 살에 대해 고민하고 있다면 나 같은 사람도 있으니 꼭 같이 힘을 내자.

나름 꾸준히 참고 관리하여 주변 사람들이 걱정할 만큼 살을 뺀 적도 있지만, 금방 돌아오는 것이 나의 또 다른 한계이다. 나는 마르지도 않고 뚱뚱하지도 않다. 애매한 상태다. 다들 어중간한 사람의 살이 제일 빼기 어렵다는 것을 알고 있는지 모르겠다. 살을 빼는 것에 무척 애매한 나다. 내가 세상에서 제일 부러워하는 사람은 먹고 싶은 걸 먹어도 찌지 않는 체질의 사람이다. 내가 부러워하는 체질을 가진 사람들의 몸 속 깊은 곳은 또 어떨지 알 수 없고 내장지방이 쌓이고 있을 수도 있지만, 그 사람들은 우선 외형적으로 살이 찌는 게 아니므로 적어도 보이는 면에서 예민해지지 않기에 부럽다. 살찌는 것을 겁내가며 먹지 않아도 되니 툭 까놓고 너무너무 부럽다.

사람은 누구나 남들이 갖지 못한 자신만의 특별하고 잘난 구석이 하나씩은 있다. 나에게 부여된 그 구석이 '살 안 찌는 체질'이 왜 아닐까에 대해 정체 모를 누군가를 원망할 때도 있다. 그런데도 멀쩡히 잘 먹고 잘살고 있는 것은 다행인지 불행인지 모른다. 먹는 걸 두고 내적갈등을 열 번은 더 하게 될 때 빼고. 그렇게 내적갈등을 반복하다가 결국 나 자신을 이긴 채 아침을 맞이할 때가 종종 있다. 그렇게 잘도 붓는 나의 몸이 하나도 붓지 않았을 때 참길 잘했다는 뿌듯함과 나를 이긴 내가 세상 자랑스러울 수 없다. 아니, 이런 곳에서 희열을 느껴야 하나. 그렇지만 결국 패배를 맛보는 날도 무수히 많기 때문에 아침에 퉁퉁 라면 면발처럼 불어난 내 모습을 보면(아, 그 하루 가지고 붓는 게 이해가 되지 않는 사람들은 잘 붓는 사람의 몸 상태를 모르는 게 분명하다) 어차피 그렇게 질 거 내적갈등은 왜 했으며 다이어트를 결심할 자격조차 없다고 나를 다그치게 된다. 그렇게 다이어트 의욕이 분노를 일으키게 할 때면 도리어 계속 먹게 된다. 아마 다이어트를 하는 대부분의 사람들은 나와 같이 살에 대한 수많은 내적갈등이 자신의 마음속에 도사리고 있을 것이다. 평생의 숙제라고 생각하면 숨이 막혀온다.

무엇이든 적당한 것이 좋기는 하겠지만 내가 내 몸을, 내 식욕에 강박을 심하게 갖다 보면 과연 마음마저 건강한 다이어트를 할 수 있겠는가 싶기도 하다. 약이나 보조제 등을 먹으며 조금 더 여유롭게 다이어트를 할 수도 있지 않을까 생각한 적도 있다. 다이어트에 대한 조언을 해준 친구에게 약품은 아무리 무해하다지만 그래도 약은 약이고, 어차피 난 또 금세 먹어 다시 찌게 될 테니 약 만큼은 먹고 싶지 않다고 답하면서도 약국으로 향해야 하나 생각하기도 했다. 다이어트에 있어서는 다가오는 유혹을 물리치지 못하는 나로서 이 숙명을 어떻게 견뎌야 할지 모르겠다. 정말 내가 웃긴 사람인 건 다이어트를 할 때 약 때문에 몸 상할까 걱정하면서도 정작 먹는 온갖 인스턴트가 내 몸을 해칠 걱정은 하지 않는 것이다. 날 우스운 사람으로 만드는 다이어트, 세상 안쓰러운 나의 논리가 아닐 수 없다. 그렇게 나는 다이어트를 이어간다. 성공한 적 없는 그 다이어트를.

진짜 진짜 좋은 시간

세상에는 하나의 감정을 딱 한 가지가 아닌 더욱더 다양하게 표현할 수 있는 단어들로 가득하다. 세종대왕님이 선사하신 언어의 선물이다. 맛있다라는 표현도 맛이 기가 막혀-라던가 고맙다는 표현 역시 감동이야-라던가 뭔가 분명 같은 의미의 다르게 표현할 수 있는 대체 가능의 언어들이 많이 존재한다. 반대로, 내가 대체할 수 없다고 생각하는 감정의 단어들이 있고 그것은 세 단어 정도가 모여 완성되는 '진짜 진짜 좋은 시간'이라는 말이다. 내가 듣고 싶은 음악을 켜고 일기를 적고 차분히 차 한 잔을 타서 조금은 오글거리는 모습으로 글을 쓰고 친한 언니와 통화를 하고, 그 모든 시간이 내게는 진짜 진짜 좋은 시간이다. 이뿐만이 아니다. 정말 편하게 생각하는 사람, 정말 아끼는 사람, 가족들, 대학교 때 친구들 등 이들과 오랜만에 오붓한 시간을 가질 때면 딱 이 말을 제외하곤 다른 표현이 떠오르지 않는다. 그냥 진짜 너무 좋은, 진짜 진짜 즐겁게 지내고 있다는 기분 말이다. 내 옆에 지금 이 사람들이 있다는 사실, 그래서 내 마음이 건강해지는 것. 그들과 뭔가 작은 것을 가지고 실실 웃고 있다는 것 등 좋은 시간이라는 느낌이 제대로 들 때가 있다. 진짜 진짜 좋다고밖에는 표현이 안 될, 그 어떤 유식한 단어로도 표현이 되지 않는 감정이다. 인간은 행복이란 감정에 무뎌지고 그걸 표현하는 방법조차 잊곤 한다. 각자의 삶을 살아내야 하는 시간이 있고 그 속에서 좋은 시간만을 쌓기는 어렵다. 따라서 '진짜 진짜 좋은 시간'이라 불릴 이 순간들이 무척이나 소중한 것이다. 마구 행복하려 애쓰는 것보다 자연스레 행복해질 수 있는 것을 찾아낸다는 게 참 중요하다. 어느 순간 이 세상이 우리에게 20대, 30대, 40대, 50대, 60대 등 각 나이대만의 기준을 만들어 주었다. 나는 그 기준에 연연하지 않고 살아보고 싶다. 물론 그 기준을 굳이 따르려 하지 않아도 맞춰가고 있을지 모르지만, 의식하고 싶지는 않다. 친구들이 몇 년 뒤 청첩장을 보내와도 그때의 내가 결혼을 원하지 않을 때라면 '아, 나도 이제 슬슬 결혼을 생각해야 하는 건가?'라는 생각을 하고 싶지 않다. 30대 중반에 가서도 아이를 낳고 싶은 마음이 들지 않는다면 '아, 낳을 거면 빨리 낳아야 하는데 어쩌지?'라고 고민하고 싶지 않다. 먹고 싶을 때 먹고 싶은 것을 자연스레 찾아 먹으며 웃음 짓고, 화려한 불꽃 축제를 가지 않아도 티브이로 보는 불꽃 축제만으로 좋은 시간이라 여길 수 있는 것. 나는 그렇게 작지만, 감히 비교할 수 없는 소중한 것들과 진짜 진짜 좋은 시간을 보내며 평생을 살아가고 싶다. 기준과 기대에 못 미치는 사람이라 해도 좋은 시간만큼은 자신 있게 채워가며 그저 그렇게.

제3부
시간은 가고, 그렇게 쌓여간다

SNS, 그것은 참

흘러가는 시간을 잘 쌓아 기억하도록 돕는 매개체 중 하나에는 SNS가 있다. SNS는 그 어느 때에도 자신을 표현하고 마음껏 드러낼 수 있는 공간이기에 장점이 정말 많다고 생각한다. 스무 살 때의 나는 남의 SNS만 보면 '아, 예쁘다. 아, 좋겠다. 아, 대박이다.' 이런 무의미한 감탄사를 남발하며 하루를 보낸 적도 있었다. 유의미한 시간만을 보내며 살 필요는 없지만, 무의미함 속에서도 나름의 의미가 있어야 하지 않을까. 즉, SNS는 의미 없는 시간을 보내게 만든다는 단점이 꽤 크게 존재한다는 것을 장점보다 나중에 느꼈다. 대부분 사람은 의미 있는 시간을 만들어나가길 원한다. 나 역시 그랬다. 따라서 나는 나만의 일상, 나만의 시간을 신경 쓰자고 스스로 약속하며 '남의 SNS를 보지 않고 내 것만 하기.'라는 원칙을 세웠다. 즉, 염탐이든 뭐든 그 어떤 것도 하지 않겠다고 굳게 다짐한 것이다. 이 방법은 내가 한 선택 중 왠지 투박하지만 옳은 선택이었음은 분명하다. 나 자신에게 집중하고 흔들리지 않을 수 있었기 때문이다. 비공개로 둔 나의 SNS에 가끔 업로드를 할 때면 조금은 오글거리고, 조금은 주저리주저리 써놓은 공간이지만 나름 깊은 애착을 가지고 있다. 다들 SNS를 하는 마음이나 그 공간을 계속 찾는 즐거움의 이유가 다르지 않을까 생각한다. 나는 그 이유가 정말 '나의 이야기 남기기'이다.

나도 사람인지라 아주 가끔은 다른 사람 SNS에 호기심이 들 때가 있다. 예를 들면 SNS로 화제가 된 인물이나 관심 가는 연예인들 말이다. 그렇다면 또 어떻게 참고 배기겠는가. 그래서 나는 SNS를 열심히 하는 친구의 핸드폰을 빌린다. 친구 것을 통해 흘깃 보게 되면 재미있기도 하고 신기하기도 하다. 화려한 필터와 남다른 분위기를 담아 사진을 남기는 사람, 또는 오직 기본만으로 자신만의 분위기를 살려내는 사람도 있다. 그 외에도 자연스러움을 넘어 무작정 바로 찍어 편하게 올리는 사람, 가족사진으로 도배가 되어 있는 사람, 맛난 음식 사진으로 도배가 되어 있는 사람, 모든 일거수일투족을 올리는 사람 등 저마다의 이야기들을 쌓아가고 있다는 것을 쉽게 알 수 있었다. SNS를 통해 모든 삶이 드러날 수는 없지만, 꽤 낱낱이 자신을 드러내고 있는 이들을 보면서 대단하기도 하고 흥미로웠다. 호기심이 들던 각양각색의 사람들, 각 개인이 추구하는 SNS의 분위기를 엿볼 수 있게 해준 P양에게 감사 인사를 전하고 싶다. SNS라는 세계는 자기 생각과 자신이 표현하고자 하는 것들을 다양하고 즐겁게 만천하에 보여 주는 곳이기에 앞서 말한 것처럼 큰 장점이 있지만, 이 장점들 속에 문제가 많이 생겨나는 소식 역시 접하게 된다. 나를 표현하고 담는 것, 물론 참 중요한 일이지만 그것이 쉽게 공유되는 공간 속 우리는 항상 신중해야 하며 긴장의 끈을 놓을 수 없는 것 같다. 알몸을 보여주듯 솔직할 수 없고, 꽁꽁 싸맨 듯 숨길 수도 없는 것이 바로 소셜 네트워크 서비스 SNS의 특징이다. 이처럼 핸드폰이나 인터넷 세상이 개인을 두드러지게 드러내고 개인이 수습해야 할 일이 많은 개인 중심이라 하면, 우리가 모두가 바깥에 나왔을 때는 개인 중심에서 벗어나 함께였으면 좋겠다고 생각한다. 다 같이 있을 때 자신의 SNS에만 열중하느라 소중한 시간을 버리는 것이 아닌, 팔레트에 여러 색을 섞듯 각자의 색이 모여 섞여지고 어우러지는 시간을 쌓았으면 좋겠다. 그 언제 어디서도 자신만의 색깔만을 드러내려 애쓰는 사람보다는 자신의 색과 다른 이의 색을 잘 섞어 보다 더 선명하고 좋은 색을 만들어 내는 사람이 더 멋진 사람이다. 내가 항상 노력하는 것 중 하나는 '이해' 이다. 저 사람은 저런 색깔을 갖고 있다고 이해하고 바라보는 것. 가끔은 어렵다. 나의 상식선으로는 정말 낯설고 이상해 보이는 것들도 많다. 그러나 타인은 오히려 나를 이상한 색깔, 이상한 시선으로 바라볼 수 있다. 그래서 우리는 나의 색으로 누군가의 색을 온전히 물들이려 하기보다 함께 새로운 색깔을 만들어 내는 노력을 해야 한다. 아 물론 새로운 색깔을 만들어내기 위해서는 나만의 색깔 역시 잘 지켜나가야지 싶다. 솔직히, 둘 다 잘하고 싶다. SNS가 주는 장점만을 잘 사용하고, 그 밖 세상에서도 잘 살아가는 우리라면 그건 아주 완벽한 우리의 인생 이야기가 될 것이다.

매일 밤 매일 낮

모두 낮 다음이 밤이라고 이 둘의 순서를 정의하겠지만, 나는 왠지 밤의 순서가 먼저인 것 같나. 아주 어둑하게 시작되는 세상이 해를 통해 밝아졌다가 다시 어두워지는 순서가 바르다고 생각한다. 누구나 밤과 낮의 매력을 알 것이다. 슬며시 아침 해가 고개를 내미는 새벽 무렵의 촉촉한 기분, 가끔 몽롱한 상태라 느끼지 못할 때도 있지만 상쾌한 아침 공기, 한창 모두가 활발히 다니는 초 오후, 슬슬 하루의 해가 지려는지 살짝 붉어진 하늘, 해가 막 내려가기 바로 직전의 완전히 붉어진 하늘과 흐릿한 구름, 그리고 밤이 되어 어둠이 세상을 덮어 까매진 주변 등 이들을 딱 두 개로 나눈다면 밤과 낮이다.

이 둘이 주는 분위기는 너무 상반된다. 극명하게 갈리는 그 매력은 차마 뭐가 더 좋다 단정 지을 수 없다. 한 가지 확실한 것은 낮에 치열하게 해야 할 일들을 마친 뒤 차분해지는 밤을 맞이할 때의 그 자신을 향한 뿌듯함이 나의 기분을 무척 행복하게 만든다는 것이다. 물론 파김치가 되어 곯아떨어지는 날도 생길 수 있겠지만 적당한 열정과 그것에 대한 깔끔한 마무리는 하루를 잘 보내줄 수 있도록 나를 자극한다. 삶을 살아갈 때 필요한 건 '자극'이라는 단어가 아닐까 싶다. 어떤 나쁜 욕심의 자극과 열등감의 자극, 또는 비교의 자극들이 아니라 내가 나를 뛰어넘고 내가 바라보는 내 모습이 마음에 든다고 느낄 수 있는 열정의 자극체 말이다. 잠시 읽는 것을 멈추고 자기 삶의 자극체에는 무엇이 있는지 생각해보았으면 좋겠다. 나는 나의 자극체를 '시간이 지나도 후회하지 않을 나의 모습'이라는 문장으로 답할 수 있겠다. 그 언제가 된다 해도 지나온 시간을 뒤돌아보았을 때 아까운 시간은 하나도 없었다, 모든 시간이 소중했다, 좋은 날들로 가득했다고 표현할 수 있는 삶을 만들어나가고 싶다. 그런 건강한 마음을 추구하는 삶, 그것이 나를 매일매일 자극한다. '아, 이때 이 일에 더 집중할 걸, 이 시간에 이걸 더 먹을 걸, 이 사람을 더 챙겨줄 걸, 이 사람을 덜 신경 쓸걸.' 하는 아쉬움을 남기고 싶지 않다. 물론 인간은 욕심이 너무 많아 결국 완벽했던 시간조차 아쉬웠다고 느낄 수도 있겠지만 아무튼 매 순간에 집중하고 싶다. 그러다 가끔 아무것도 집중하기 싫을 때면 그때 좀 쉴 걸 그랬다-라는 생각이 들까 싶어 모든 것을 멈추기도 한다. 그냥 그렇게 나만의 밤과 나만의 낮으로 시간을 채워가고 있다. 각자가 채워가는 밤과 낮, 지금의 나는 그중 밤이라는 시간을 보내고 있다. 약 삼 분 전에는 친한 언니와의 통화를 마쳤다. 남자친구와 지방으로 놀러 가 술에 잔뜩 취해 나에게 전화를 걸어왔다. 시시콜콜 자주 하는 통화임에도 무척 반갑고 재미있고 즐거웠다. 약 10시간 전 낮에는 고구마를 먹었다. 우리가 가진 어려운 마음이나 초조한 마음, 조급하고 복잡한 마음들을 내려두고 각자의 밤과 낮을 포근하게 보냈으면 좋겠다. 밤에는 깊은 잠이 들다가 깰 때쯤 좋은 꿈을 꾸고, 낮에는 맛있는 걸 잔뜩 먹으며 자신의 시간을 누렸으면 좋겠다. 설령 지금이 30대 중반이라 해도, 후반이라 해도, 40대 그리고 50대라 해도 늦지 않았다. 어떤 밤과 어떤 낮으로 나의 시간을 우리의 시간을 채워갈지 같이 고민하며 살고 싶다. 같이 고민하면 답이 쉬워질 것 같다. 부담으로 다가오는 고민 말고, 의미 있는 차분한 고민으로 말이다.

안락하고 편안한 사람들과

내가 좋아하는 피자를 양손으로 붙잡고 핫소스를 질질 흘려가며 먹어도 부끄럽지 않을, 그런 나를 더럽게 보지 않을 사람들. 나에게 있어 안락하고 편안하다고 말할 수 있는 사람의 정의다. 누구나 자신이 가치를 두고 아끼는 이들이 존재할 것이다. 어떤 만남과 어떠한 계기로든. '저 누나는 하도 철이 없고 까불기를 좋아해, 얘는 진중한 면이 별로 없어.'라는 이야기를 자주 들으며 살아간다. 이 외에도 내가 생각하는 나와 다른 이야기들을 듣게 될 때면 누구의 시선이 맞든 간에 내 마음속 어딘가에 머무르는 말로 남는다. 낯선 사람들 앞에서 밝은 성격을 감추지 못한다 해도 무작정 가벼운 사람의 모습으로 다가가고 싶진 않았다. 그런 탓에 최대한 얌전하게 보이려는 시도를 많이 하게 되지만 본래의 성격이 숨긴다고 얼마나 숨겨지겠나 싶다. 그런 생각이 반복되다 보면 괜한 눈치도 조금씩 보게 되고 굳기도 하고 조심하게 되는 때가 온다. 작년 스물둘이라는 나이의 철없는 천방지축 여자애가 사회생활을 시작한다. 웃다가도 얼른 웃음을 거두고 어른스러운 표정을 지어보기도 하며 사회생활에 익숙한 것처럼 보이려 애쓴다. 그래서 하루를 마치면 약간 얼떨떨함이 표정에 가득하다. 결국 애쓴 것은 소용이 없다. 애써도 나는 나를 숨길 수 없고, 이로써 나의 성숙지 못함이 드러나곤 한다. 업무를 볼 때 역시 티가 난다. 그래서 꾸준히 철없어도 될 것 같은, 그런 나라도 충분히 이해받을 것 같은 사람들과 있을 때 드는 편안함은 이루 말할 수 없이 좋다. 타인을 얕잡아 보고 기죽이려 하는 사람들이 세상에 많아졌다. 그래서 편안함이 더 갈급해진다.

인간과 인간의 만남은 다른 그 어떤 순간들보다도 설명하기 어렵다. 좋은데 복잡함이 있다. 사람 때문에 힘든 사람도 사람 때문에 다시 일어선다. 태어나서 죽을 때까지 인간은 얼마나 많은 사람과 인간관계를 맺고 살아갈까? 나는 '나'라는 존재를 충분히 이해받을 수 있을 만한 사람들이 다섯 명 정도 있다. 아무리 친해도 살짝 조심스러운 친구가 있고 정말 편한 친구가 있다. 친한 사람은 많아도 친함을 넘어서는 깊은 관계의 사람은 많지 않은 내게 마음 놓고 편할 수 있는 사람들 다섯 명. 적다면 적고 많다면 많은 숫자일 것이다. 확실한 것은 한강에 가서 돗자리 하나만 펴놓고 논다 해도, 그 순간 적막이 찾아온다 해도 아무렇지 않은 이들과의 정겨운 시간이 언제부터인가 더더욱 마음에 들었다. 어떤 드라마에서 '너랑 있을 때의 내가 가장 나다워서'라는 문장으로 헤어진 남자에게 다시 돌아가는 여자 주인공의 대사가 있다. 꼭 연인뿐만 이 아니라 함께 지내는 가까운 사람들에게도 적용되는 대사가 아닐까 싶다. 공감의 버튼이 눈앞에 있다면 고장 날 때까지 눌러주고 싶을 만큼 와닿는 문장이다. 그때 당시 나다운 게 뭔데, 그냥 좋으면 같이 있는 거지-라는 다소 가벼운 생각으로 그 말의 참뜻을 이해하지 못했지만 (무조건 뭐든지 이해하며 살자는 나의 신조를 벗어났던 문장이었다) 클수록 제대로 이해하게 되었다. 역시 인간은 직접 겪고 닿고 느껴야 이해가 되나 보다. 그 드라마를 볼 당시의 나는 분명 언제가 되더라도 이 문장에 고개를 끄덕여 보고 싶다고 생각했었는데 이제 끄덕이고 있다. 조금은 뿌듯하다. 안락함을 주고 편안함을 주는 나의 사람들에게 참 고맙고, 이런 나라도 받아주어 고맙다는 이야기를 던지고 싶다. 던진다고 받을 수 없고 모두가 알다시피 가까운 사람들과는 오히려 이런 낯간지러운 말을 하기가 쉽지 않다. 그래서 나는 이렇게 끄적거림으로 대신한다. 용기를 내어 고마움을 전하게 되는 날이 오면 나는 뿌듯하고 기쁘겠지만 쥐구멍에 들어가고 싶을 것이 분명하다.

아무튼

"저는 '아무튼'이라는 단어를 제일 많이 사용하는 것 같아요."

각자 말을 할 때 제일 많이 사용하는 단어가 무엇인지 나누던 중 내가 내민 대답이다. 나의 말을 들은 어떤 언니는 "세은이가 뭔가 자신의 말을 정리하는 걸 좋아하나 보다."라고 나름의 해석을 해주었는데, 맞는 것 같다. 내가 '아무튼'이라는 단어를 많이 사용하는 것 정도는 인지하고 있었지만, 그에 대한 근본적인 이유에 대해서 딱히 생각해본 적이 없었다. 덕분에 그 단어를 자주 사용하는 나의 원인에 대한 핵심을 짚은 언니가 신기해 보였다. 나는 말이 꽤 많은 사람인지라 대화의 끝이 보이면 결론적으로 정리하고 싶어 한다는 나 자신에 대한 색다른 발견을 할 수 있었다. 본인이 자주 하는 말은 말 그대로 '자주' 그리고 '무의식적'으로 하게 되는 것이다. 그래서 바로 떠올리려 하면 떠올려지지 않을 수도 있지만, 만약 나의 경우처럼 딱! 생각이 난다면 그것이 나름 괜찮은 단어일 수 있기를 바란다. 이왕이면 즐겁고 좋은 말을 많이 사용했으면 좋겠다. 내가 좋은 말을 많이 하기 위해 실천하고 있는 것은 '상대에 대한 칭찬'이다. 영혼 없는 칭찬은 잘 나오지 않는다. 최대한 진심으로 칭찬해주고자 노력한다. 하도 칭찬을 많이 하다 보니 이제는 내 칭찬이 진심인지도 모르겠다는 사람도 있었다. 모르겠다. 나는 무조건 진심이었다. 본인이 어떤 말을 자주 내뱉는지를 파악하다 보면 본인의 생각이나 본인의 마음을 들여다보는 좋은 계기가 되기도 한다.

습관은 무섭다. 그 때문에 습관적으로 내뱉는 말들을 통해 많은 것을 파악할 수 있는 것이다. 내가 습관적으로 많이 하고 싶은 말은 보고 싶다-이다. 보고 싶다는 말은 아무리 영혼이 없는 단어로 쓰일 때가 많다지만 소중한 단어 같다. 이모가 보고 싶고, 나의 밥을 걱정해주는 아빠가 보고 싶고, 나의 반찬을 걱정하는 엄마가 보고 싶으며, 나를 짓궂게 놀리는 우리 언니가 보고 싶다. 얼마나 소중한 단어인가. 물리적 거리가 멀어 자주 보지 못하는 한 때 지겹게 보던 중학교 때 친구들이 보고 싶고, 미국에 있는 사촌오빠가 보고 싶으며, 다시는 볼 수 없는 누군가가 보고 싶다. 그냥 그렇다. 보고 싶다는 단어를 더 솔직하게 나의 사람들에게 내뱉을 수 있는 사람이 되고 싶다. 솔직한 마음을 드러내기 어려워하는 나는, 그 용기를 갖고 싶다. 아무튼(이렇게 또 사용한다. 지금 글의 마무리를 하려나 보다. 정리하고 싶어진다) 자신이 제일 많이 사용하는 단어 속에 소중하고 아름다운 말들이 많이 쓰이길, 나 역시 아무튼 말고도 다정하고도 서정적인 말을 내뱉게 되기를 바라본다. 오늘은 누구에게 칭찬을 건네 볼까 생각해야겠다.

아무튼, 나는 사람이 좋다.

아무튼, 나는 네일을 받아본 적이 없다.

아무튼, 나는 발이 작다.

아무튼, 나는 친언니를 잘 웃긴다.

아무튼, 나는 간지럼을 잘 탄다.

아무튼, 나는 웃긴 표정을 잘 짓는다.

아무튼, 나는 목선이 꽤 예쁘다.

아무튼, 나는 손이 통통하다.

아무튼, 나는 자연을 많이 아낀다.

사람은 사람을 죽일 수 없다

같이 일하는 곳의 선생님께서 "세은 선생님은 살면서 아무하고도 불편하거나 맞지 않는다고 느꼈던 사람 없지?"라고 물어 오신 적이 있다. 부끄럽게도 있다. 예민했던 고등학생 때보다 성인이 된 후의 나의 인간관계는 훨씬 괜찮았고 좋은 사람들을 많이 만났지만 꼴 보기 싫은 사람도 있었던 것은 사실이다. 나는 남의 욕도 한 적이 있다. 어쩌면 부끄러운 것이 아니라 당연한 것 아니냐고 이해받고 싶다. 고개만 돌려도 보이는 게 사람인데 그런 세상에서 하루하루를 살아가고 만나고 겪다 보면 어떤 방식으로든 마음에 들지 않는 사람은 있는 법이다. 더 나아가 미움이 가득 차게 되면 사라져 버렸으면 싶은 사람도(매우 드물지만) 생긴다. 안 맞는 사람 역시 왜 없겠는가. 속으로는 저 역시 없겠어요?

싶다가도 뭘 굳이 말하나 싶어 생각나지 않는다고 둘러대며 넘어갔다. 사람이 사람을 이유 없이 싫어하는 것만 아니라면, 명백한 이유가 존재하는 싫음은 어쩔 수 없다. 우리가 미워하게 되는, 그것을 넘어서 증오하게 되는 사람은 그 상대가 동성이든 이성이든 친구든 훨씬 어른이든 훨씬 동생이든 부모든 자식이든 아는 지인이든 간에 다양할 것으로 예상된다. 사람은 어떤 식으로든 남에게 상처를 주고 어떤 식으로든 상처를 받는다. 그것을 극복하기 위해 또 새로운 사람을 만나고 그들과 어울림 속에서 또 상처를 만든다. 사람이 또 다른 사람을 망가뜨리는 걸 보고 들을 때마다 망가지고 고립되고 몸부림치는 것 대신 무조건 힘을 내라고 전해주고 싶다. 고의성이 담겨있지 않았어도 어른답지 못한 모습으로 나를 망칠 뻔했던 사람 역시 있지만, 사람은 사람을 절대 죽일 수 없다. 그나마 바라는 한 가지는 고의성이 다분한 못된 마음들은 없었으면 하는 것이다. 살인이 비일비재하게 일어나고 있는 시대가 되었지만 그런 끔찍한 일만이 사람을 죽이는 게 아니다. 그저 말과 무언의 행동으로도 죽일 수 있다.

세상 물정 하나 모르던 때라 인지하지 못했지만, 어느 순간 깨닫게 된 나쁜 이의 큰 농락을 겪었다. 살면서 이 정도의 분노는 처음이었고 지금까지 딱 한 명이 있었다. 그 사람이 행복해하는 모습을 보게 되면 그래, 차라리 행복해라 싶기도 했다. 내가 누군가의 불행을 바라고 있다는 사실이 나 스스로 느끼기에도 진절머리 나게 싫었고 내가 불쌍했고 내 마음을 고쳐먹고 싶었다. 아예 증오든 뭐든 내 깊은 생각에서 지워

내고 싶었다는 표현이 더 맞겠다. 나는 다른 사람들이 어떤 상대에 대해 그런 마음을 품고 있다면 그 분노나 미움을 어떻게 해결하는지 무척이나 듣고 싶다. 문득 각 자신의 머릿속을 스쳐 가는 인물이 한두 명쯤은 있지 않을까? 상대는 이미 잊거나 기억의 왜곡과 합리화로 억울해하며 발을 동동 구르겠지만, 나는 아주 제대로 기억하고 있으며 하나의 편린이자 성장 과정일 거라 마음을 다스리고 분노를 잠재웠다. 사람이 사람 때문에 감정이 다치고 아프며 마음이 땅까지 꺼지게 되는 일은 우리의 예상보다 한참을 넘어서 참 비일비재하게 벌어지고 있을 것이다. 어떻게 치유해가며 살아야 할지 더 많은 방법을 찾아내고 싶지만, 결론적으로 사람은 결코 사람을 죽일 수 없다는 것을 기억했으면 좋겠다. 이 말을 믿고 어떤 사람에게서 시련을 받거든 무조건 이겨내고 마음을 죽이지 말고 일어서라는 말을 하고 싶은 것 같다 나는.

달의 마지막 날

스물셋에는 무엇을 해야 잘하는 걸까? 아니, 다 다른 인간이니까 그냥 알아서 살겠다고 말하자. 그런데 나는 이 시점에 무엇에 최선을 다하고 있을까. 하루하루를 편안하게 보내주는 이들이 부럽다. 나는 흐르는 시간과 지나가는 날들에 유독 민감하게 구는 편이다. 시간이 가는 게 아까워서가 아니다. 그저 흘러가는 시간을 어떤 시간으로 쌓아내느냐가 내 행복을 좌우한다고 생각해왔던 탓이다. 시간이 흘러 내가 서른이 되고 마흔이 되는 그때 현 사회가 기준 잡는 '나이가 들면 사람의 가치가 떨어진다.'는 말들을 다 깨고 싶다. 내가 나인 것만으로도 행복하고 든든할 수 있도록 나 자신을 잘 쌓고 싶다. 그래서 나는 시간이라는 이름에 조금 더 집착하게 되는 것 같다. 그렇게 행복을 위해 열심히 살고 주변에 긍정적인 에너지를 뿌리기 원하는 나는, 매달 마지막 날이 되면 표현하기 애매한 감정에 둘러싸인다. 이 마지막 하루가 지나면 새롭고 낯선 그 나의 일상을 대표하던 달의 숫자가 하나 올라간다는 사실. 이상하고 어색하다. 특히, 1월에서 2월이나 9월에서 10월이 유독 그렇다. 비단 달의 마지막 날이 주는 이상한 기분을 느끼는 건 나뿐만이 아닐 수도 있지 않을까 생각한다. 딱 그 년 도의 그달이다. 다신 올 수 없는 그때가 우리 곁을 떠나가는 것이다. 그렇다고 그 감정이 부정적이거나 울적한 감정은 아니다. 그저 '마지막'이라는 색다른 기분에 휩싸이는 것뿐이다. 한 달을 무사히 살아냈다는 것이 뿌듯하기도 하다. 30일 또는 31일이라는 시간은 그 어떠한 큰 사건도 충분히 일어날 수 있을 만큼 긴 시간이다. 그래서 그 시간을 무사히 살아낸 것은 어쩌면 대단하고 감사한 일이 아닐 수 없다. 달의 마지막 날 아침이면 "그래, 이렇게 빨리 지나간다고 느껴지는 게 시간이지."라는 혼잣말을 하고 또 어떨 때는 "아직도 이달이 안 끝났네." 등등 한 달 치의 생각과 겪은 일들이 마인드맵처럼 꼬리에 꼬리를 물고 펼쳐진다. 다음 달은 어떻게 보내야 할지, 무엇을 할 것인지에 대해서 설렘과 긴장이 생겨나기도 한다. 어쩌면 내가 특별할 것 없는 희망과 꿈이 많은 것일지도 모른다. 고등학생 신분일 때도 시간의 흐름에 대해 또래보다 많은 생각을 했던 나지만 달의 마지막 날에는 큰 의미를 두지 않았다. 다음 달은 맞이하는 것 역시 또 지나가는 시간이 되겠거니 하는 정도였다. 그랬던 생각이 이제는 좀 더 구체적인 마음의 준비와 계획을 짜게 만든다. 물론 거창한 계획은 아니다. 많이 약소하다. 그저 나를 더 행복하게 만들어줄 것들에 대하여, 예를 들어 '많이 먹고, 많이 보기', '진짜 많이 놀기'와 같은 추상적 목표라던가 '더 많이 웃고 열심히 일하기' 등등 매달마다 다른 중심거리를 정하는 것이다. 자신이 좀 더 집중하고 싶은 균형을 세운다는 소리다. 내가 이러한 시간을 거치면서 느낀 것은 이 추상적인 계획들이 한 달을 제대로 살아 내는 데에 좋은 영향을 부여한다는 점이다. 역시 사람은 목표 없이 살 수 없다. 그것이 어떤 목표이든 간에. 어쩌면 달마다 잡는 목표라 말하기에 민망할 만큼 별것 아니기에 조금 더 편하게 표현하자면 '한 달 주제'랄까? 같이 시도해보고 싶어 여기에 적어본다. 나는 이것을 어느 순간 나도 모르게 하고 있었고 언제부터인가 직접 적어놓기 시작했다. 내가 나의 중심을 잡고 사는 게 행복이고 내가 계획하고 나아가는 것이 나의 삶이라는 것을 인정하게 되었기 때문일 것이다. 물론, 난 아직 인생 애송이다. 아는 것이 없고 봐야 할 것 겪어야 할 것이 심각하게 많이 남아있다. 굳이 비유라는 걸 하자면 개구리가 되기 전 올챙이만도 못한 존재 아닐까?

그래도 내 계획이 나의 삶을 다듬고 보듬어 간다는 그 사실을 믿고 싶다. 작은 계획들이 모여 내 인생과 우리 인생에 뚜렷한 방향성을 제시해 줄 수도 있다. 가끔 혼란스럽거나 흔들릴 때 내가 쌓아온 계획과 실천들로 흔들림을 멈추고 싶다. 그런 뒤 내 방에 있는 스탠드 조명처럼 은은한 빛을 아주 부드럽게 내뿜는 사람이 되고 싶다.

아, 이번 달 마지막 날부터는 혼자만의 궁상맞은 파티를 해볼까 한다. 인생은 축제니까.

할머니가 되어서도 이럴 거래

초등학생과 대학생은 다르다. 당연히 다를 수밖에 없다. 신체발달, 인지능력 자체부터가 다르다. 스물셋과 서른셋도 다르다. 스물셋은 연애를 생각한다면 서른셋은 대다수가 결혼을 생각해본다. 스물셋은 무엇을 하든 실수한다면 서른셋은 잘하는 것들이 더 많다. 이보다 더 적은 나이 차이인 스무 살과 스물셋, 이들도 고작 세 살 차이라지만 콕 집어 설명하기 어려운 부분들에서 차이점이 존재한다. 한 해 한 해가 흘러가며 인간이 답습하게 되는 것들과 뼈저리게 느끼고 새롭게 경험하는 것들 그리고 그 속에서 겪는 희로애락. 그 모든 찰나의 순간들이 365일 안에 너무도 많이 존재한다. 그런 모든 사람이 한 살 한 살 나이를 먹어가고 분명 언젠가 할아버지가 되고 할머니가 되어 지나온 삶을 되돌아보며 추억할 것이다.

워낙 시끄럽고 말이 많으며 잘 까부는 성격 탓에 주변 대다수의 사람들이 나를 보며 하는 말이 있다. "세은아, 너는 할머니가 되어서도 지금이랑 똑같을 것 같아."이다. 다들 이렇게 내 미래를 예측해준다. 음, 과연 그럴 수 있을까. 언젠간 나 역시도 얌전해지는 날이 오지 않을까? 내가 나이가 들어서조차 이렇게 말이 많고 시끄럽고 까불거린다면 미래 나와 함께할 남편과 자식들에게 민폐가 아닐까 하는 생각을 한다. 아니지, 남편과 자식이 없을 수도 있다. 친한 친구와 그동안 살아오며 모은 돈을 합쳐 집을 마련한다. 그 단란한 집에서 크게 노래를 흥얼거리며 과일주스를 만들어 먹고 있을지도 모른다. 뭐, 결혼했다고 치면 엄마가 아이들의 밥 먹기를 도와주다가 맛있어 보여 내 입에 넣고, 애가 커서 교복을 입는데 엄마도 입어보고 싶다며 오두방정을 떨고, 남편이 외식하자는데 내가 만든 밥이 훨씬 맛있다며 주책을 떠는 아내라면 참 골치 아플까 봐 벌써부터 미안해진다. 나의 이런 철없고 멀리 보면 주책 같은 모습을 아껴줄 사람이 있다면 결혼생활 자체는 참 행복할 것 같다는 생각도 문득 든다. 모르겠다.

사람은 항상 다양한 변화를 겪으며 그 사람이 가진 고유의 성격조차 조금씩 다양하게 변화되어 간다는 걸 알기에 밝기만 하던 내가 불과 내년 또는 내후년에 절망적인 일을 겪고 어두운 사람이 될지 알 수 없는 일이다. 그런데도 신나는 노래에 어깨를 들썩거리는 일을, 좋아하는 가수의 신곡을 들으며 행복에 겨워하는 일을 평생 멈추고 싶지 않다. 정말 많이 웃고, 진심으로 행복하게 살아가고 싶다. 나의 에너지를 나만이 갖고 사는 게 아니라 주변 사람들에게 베풀고 길거리의 아기자기한 가게 하나를 보고도 예쁘다고 웃을 수 있는 마음의 여유를 갖고 싶다. 할머니가 되었을 때는 지금보다 더 남을 위해 기도하고 남을 위해 봉사하고 남을 위해 나누는, 동화 속에 나오는 여유롭고 넉넉한 할머니가 되고 싶다. 할머니가 되어서도 지금과 같이 밝고 밝은 내 모습도 좋지만, 지금보다 더욱 마음이 넉넉한 할머니가 되어 있고 싶다. 아! 그 전에 내년, 스물넷에 대해서도 생각해볼까 한다.

엄마와 공주

각자의 엄마는 각 자신에게 어떤 엄마의 이미지로 자리잡혀 있는가. 떼고 싶지 않아도 언젠간 떼게 되고, 떼고 싶어도 떼어지지 않는 것이 엄마와 딸이다. 또는 엄마와 아들이다.

우리 엄마는 인간적으로 참 괜찮은 면이 많은 사람임은 분명하지만, 흔히 내 또래 친구들이 원하는 친구 같은 엄마 스타일의 유형은 아니다. 나 역시 친구 같은 딸내미보다는 언제든 손이 많이 가는 그런 말대꾸 잘하는 딸내미다. 다들 딸을 낳을 때면 우리 아기, 우리 천사, 우리 공주에서 십 년 이십 년이 지나면 원수 같은 우리 딸내미로 바뀌어 갈 것이다. 어쩌면 나만 그런 것일 수도 있겠다. 그나마 '우리'라는 단어가 옆에서 떨어지지 않기 때문에 가족이겠지. 그리고 나를 사랑한다는 것만큼은 아주 잘 알고 있다. 자식을 사랑하지 않는 부모가 어디 있겠는가. 소수의 나쁜 인간들을 제외하고는 아무도 없기 때문이기도 하지만,

다툼이 있고 화해가 있을 때마다 날 사랑한다는 말을 빼놓지 않고 건네주는 엄마 덕분에 더 확실히 알고 있다. 여름밤에 산책하다 보면 모기에 물린다. 모기에게 물린 자국을 건드리면 무척이나 간지러워 한참 동안을 긁게 된다. 긁고 나면 또 얼마 동안은 간지럽지 않다. 엄마는 나에게 그런 모기 물린 자국 같은 존재다. 내게 아주 깊은 자국을 남긴 사람이고 그 자국이 가끔 거슬리고 간지럽게 만드는가 하면 또 한참은 잠잠해진다.

모기 물린 자국이 오래갈 때면 그 자국에 대해 익숙함과 나름의 정도 생긴다. 우리 엄마와 나는 정을 그렇게 쌓아간다. 우리 엄마는 귀여운 잔걱정이 많은 편이다. 불 한 번 난적 없이 살아왔음에도 집 가스레인지 밸브를 잠들기 전에만 몇 번을 확인하는지 모른다. 그게 가끔 귀여워 보인다. 그런데도 불안한지 안방에서 큰소리로 외친다. "세은아, 가스 밸브 확인 좀 해." 나에게 이 말은 어느새 너무나 지겨운 말이 되었다. 그렇다, 좋게 말해서 귀엽지 듣는 식구들에게 귀찮고 번거롭게 들리는 것이 사실이다. 하필이면 이 걱정 많은 엄마의 성격을 물려받아 엄마에게 굳이 말하지 않아도 나 역시 혼자 자주 확인한다. 근데 그걸 반복해서 또 듣고 있자니 지겨울 수밖에 없다. 모전여전 참 신기하다. 가스 밸브 이야기뿐만이 아니라 밤길 조심하라는 말을 수도 없이 건넨다. 과연 내가 조심한다고 되는 세상인 걸까 싶긴 하지만 집을 나서기 전이면 무한반복으로 듣는다. 그런 잔걱정이나 잔소리가 대화의 반을 넘게 차지하는 우리 엄마지만 그런 엄마가 내게 다정한 말을 건네는 순간들이 있고 내게는 그 순간이 참 소중하다. 어느 날 엄마가 나에게 '공주 같은 세은이'라고 불러줬다. 사실 엄마에게 다정함을 요구하며 공주라고 불러보라 장난 반 진담 반을 섞어 이야기한 적이 있지만 오글거림을 좋아하지 않는 엄마 성격을 알기에 별반 기대하지 않았다. 그런데 갑자기 불러줬다. 다정하게 공주라는 단어를 내게 건넸을 때 그 느낌이 뭔가 참 좋았다. 딸에게 다정한 스타일의 엄마가 있고, 무척 쿨한 엄마가 있으며 서로 신경을 잘 안 쓰는 모녀 사이도 있다. 과도한 관심을 쏟아붓는 경우도 있고 떨어져 사는 경우까지 다 다양하다. 이 세상 딸바보 아빠들에게 미안하지만 모녀 관계는 그 어떤 관계들보다 제일 뗄 수 없는 사이라고 생각한다. 내 배 속에서 나온 나의 생명, 나를 품은 엄마. 애틋하고 아무리 미워도 사랑이 없을 수 없는 관계다. 물론 한두 번 어긋나기 시작하면 끝도 없이 멀어질 수도 있다. 엄마라 말할 수 없는 인간, 딸이라 말할 수 없는 인간도 많다는 걸 종종 뉴스에서 접하곤 하니까.

아무튼 엄마와 나는 그 수많은 시간 속 어긋나다 맞춰지고, 맞춰지다 조금은 어긋나며 어느새 친구가 되어가고 있다. 그게 느껴진다. 엄마에게 공주라는 그 말을 들었을 때 엄마와 나 사이의 보이지 않게 존재하던 벽이 허물어지는 느낌을 받았다. 평소 사소한 다툼이 많은 우리는 우리도 잘 모르는 사이에 벽이 생겨 있었고, 나는 굳이 그걸 허물려 하지 않았다. 그래도 무난하게 잘 지내고 엄마는 나를 사랑하니까. 그러나 그런 다정한 단어 한 마디가 벽을 허물 수 있다는 것을 느끼고는 나 역시 엄마에게 따뜻한 눈빛과 좋은 말을 건네는 연습을 해야겠다고 마음먹었다. 따뜻한 눈빛과 좋은 말은 사람과 사람 사이에 좋은 윤활유가 되어준다는 걸 분명 알고 있었는데, 모르지 않았는데, 왜 엄마에게는 어려웠나 싶어 미안한 마음도 들었다. 〈푸른 청춘을 살아가는 것〉 부분에서 잠시 언급했듯, 나는 밖에서 말을 참 예쁘게 한다는 칭찬을 많이 들어왔었다. 표현이 순수하고 사랑스럽다는 말까지도. 그러나 나의 식구들에게 나를 누구보다 사랑하는 이들에게 건네는 말은 어딘가 모르게 퉁명스럽고 까칠한 건 왜였을까 진심으로 미안하기도, 어려운 일이기도 하다.

하루라도 다정한 말을 내뱉는 딸이 되어야겠다는 생각을 아침 댓바람부터 하고 있다. 한없이 다정해지자. 그래서 서로에게 화가 날 때조차 그 다정함의 기억으로 쉽게 마음이 회복되고 서로가 미친 듯이 밉지 않도록. 다정함의 중요성을 항상 상기시키며 끝없이 다정해지기를 꿈꾼다. 아직도 내가 엄마를 돌보는 것보다 엄마가 날 돌보고 챙겨주고 있지만, 조금 더 시간이 흘러 내가 엄마를 신경 쓰고 돌봐야 하는 날이 온다면 우리 엄마를 여왕님으로 모셔야겠다.

뚜벅뚜벅

나는 다리가 잘 붓는다. 오래 걸을 때마다 퉁퉁 부어오르는 내 다리의 절규를 느낀다. 그 절규가 느껴짐에도 유독 걷고 싶어지는 날이 있다. 계절을 떠나서 날씨를 떠나서 그냥 왠지 걷고 싶은 날. 나는 걷는 것을 좋아해서 혼자 자주 이곳저곳 걷곤 하지만 이마저도 귀찮거나 시간이 없어서 못 할 때가 많다. 그럴 때면 동네라도 어슬렁어슬렁 걸어주어야 직성이 풀린다. 정말 '유독' 그런 날이 있다. 걷지 않고 못 배기는 날. 비단 안 좋은 일이 있는 날이라거나 별다른 이유 때문이 아니라 정말 말 그대로 '그냥'이다. 사람에게는 환기되는 시간이 필요하다. 그래야 다시 먼지가 묻어도 더러워져도 다시 온전한 내가 될 수 있다.

나에게는 오후 6시에 퇴근하는 날이 귀했다. 도서관 사서의 자리가 항상 그리 많이 나는 것이 아니라 시간대가 13~22시인 계약직으로 지원을 하게 되었고 주간 출근을 하는 날도 있었지만 대부분 오후 시간에 일해왔다. 그 자리에서 최선을 다해 열심히 했고 그런 나의 노력을 알아주는 몇몇 분들 속에서 더 열심히 일하겠다는 다짐을 일삼으며 지냈다. 게다가 다정한 선생님들 덕분에 만족하며 지냈지만(아침 시간이 여유롭다는 것도 너무 좋았다), 여름조차도 해를 보지 못한 채 퇴근하는 날이 많아 아쉬움이 남을 때가 있었다. 그래서 9시에서 18시의 시간대가 퇴근인 금요일이 어찌나 달콤하게 느껴지는지 모른다. 뭐 장단점이야 있기에 그 시간에 일하는 업무가 분명 단점도 있겠지만 나에게 시간상으로는 의미 있는 금요일을 만들어 주기에 충분했다. 엄격한 우리 집 덕분에 22시 퇴근에는 생각도 해보지 못한 '걷는 시간'을 가질 수 있었다. 가끔 약속이 잡히곤 했지만, 꼭 약속을 잡지 않아도 혼자 걸을 수 있는 시간 자체가 주어진다는 것이 너무 행복했다. 바로 앞에 산책할 수 있는 소중한 천변까지 있어서 그 공간과 시간 속에 내가 들어있다는 작은 사실이 참 행복했다. 강아지를 데리고 산책하는 사람을 보고, 음악을 듣고, 가끔은 친한 동생과 통화를 하고, 달리다가 이마에 땀이 흐르는 사람을 보기도 하며 다양한 사람 구경을 할 수 있는 것도 기분전환이 되었다. 분명한 건 기분 나쁠 일이 없었음에도 더 좋은 기분을 가질 수 있게 되었던 것 같다. 생각이 많은 사람은 그 생각을 정리하는 시간이 필요하다. 그리고 그것은 가만히 앉아있기보다 타인과 교류 없이 한참을 걷고 또 걸으며 주변을 살펴보고 느낄 때 자연스레 정리도 끝이 난다. 각자만의 생각 정리 방법이 궁금해지는 타이밍이다. 언젠가 엄마와 이야기를 하던 중에 사람에게는 누구나 사색의 시간이 필요하다고 했던 말씀에 대한 완벽한 이해가 가던 날이었다. 스스로가 자신의 삶에 대해, 아니 그리 대단한 것이 아니어도 내가 지내고 있는 일상을 되돌아보고 미래를 생각하는 시간은 중요하다. 이따 뭐 먹지라는 생각도, 서른 살에는 미친 듯이 수영을 배워볼까 하는 생각까지도 꼭 '혼자'하는 시간이 필요하다는 걸 말하고 싶다. 그리고 가만히 앉아서 하는 생각은 그저 넋 놓음에 불과하게 될 수도 있으니 가볍게 몸을 움직이며 뚜벅뚜벅 걷는 것이, 그렇게 사색에 잠겨보는 것이 좋을 거라고 나는 엄청나게 무지막지 마구마구 장담한다. 걷기를 귀찮아하는 사람이라도 아파트 단지 한 번을 걸어보고, 집 앞 초등학교 운동장이라도 한 번 걸어본다면 좋은 영향력을 얻을 수 있을 거라 믿는다. 나는 걷는 것을 꼭 추천하고 싶다. 건강에도 좋은데 마다할 이유가 없지 않을까? 얼른 혼자 신나는 팝송을 틀고 또는 친한 친구를 불러내 걸어라. 발에 땀이 차도 행복할 테니.

나란하게 살아내는 것

청춘의 형태를 도드라지게 드러내고 싶을 때가 존재한다. 청춘의 형태만이 아닌, 그냥 자신이 살아가고 있는 순간순간의 좋은 때를 표현하고 드러내고 싶을 때가 있다. 내가 그렇다. 그것은 비단 나뿐만이 아닌 젊은 세대들 모두가 생각하는 일일 것이고 제각각 실천 중일 것이다. 또한 청춘만이 아닌 이 시대를 살아가는 30대, 40대, 50대, 60대 등 모두가 그럴 것이다. 그 노력의 흔적이 눈에 띄지 않는다고 하여도 그것은 각자의 삶 속에 뿌리 깊은 의미가 있고 아름답다. 누가 더 이 삶을 이 청춘을 잘 즐기는가는 부지기수다. 길을 가다 마주하게 되는 맞은편 카페의 미소 짓는 사장님도, 놀이터에 가만히 앉아있는 노인분도, 모자를 쓰고 이어폰을 귀에 꽂은 채 걸어가는 대학생도, 잘 익은 과일을 찾는 아저씨도, 그리고 우리 모두 말이다. 이와 같은 생각을 하다가 문득 놀란 것은, 크게 의미를 두고 생각하지 않았던 것이지만 확실히 시대가 바뀌어 간다는 걸 세상 물정 모르는 나조차도 느끼고 있다는 사실이다. 대부분 나중에 가서 깨닫는 것들이 많다. 그런데 이제는 그 나중에 가서 깨달을 일들을 미리 깨닫는 사람들이 늘고 있는 것 같다. 그래서 나 자신이 너무도 중요해지고 그렇게 우리는 '함께'임을 잊게 된다. 미리 깨닫는 것들을 통해 불과 10년, 20년 전이었다면 흔히 동경하고 끝냈을 일들에 '도전'을 일삼는 사람들이 많아졌고 그 도전이나 삶에 대한 사랑의 절차들을 하나씩 경험하고 있는 사람들이 늘어나는 시대가 된 것 같다. 그래서 '나'에게만 집중한다. 사실 나 역시도 부정하지 못하겠다. 이러한 변화들이 좀 더 짙어진다면 혁신적인 사회 발전으로 연결되는 것 같아 분명 보기 좋고 필요한 일이지만, 기어이 너무 빨리 어른이 되고 싶어 하는 우리의 모습을 보고 듣고 느끼며 아주 조금은 안타깝기도 하다. 문득 멍을 때리게 되는 순간마다 이 철없는 사람은 어떻게 발걸음을 맞추며 살지 싶어 묘해진다. 나의 몇 년 전 청소년 시기는 연예인을 준비하는 또래들 외에는 그냥 학생다운 삶을 사는 평범한 친구들이 많았다고 느낀다. 그에 비해 요즘 청소년들은 SNS 스타, 유튜버, 마켓 진행, 운동 등 다양한 엔터테이너가 일찍이도 되어간다. 몇 년 사이에 왜 점점 빨라지는지 그 속도감에 놀랄 때가 있었지만 이 역시 시대 흐름에 따른 자연스러운 변화가 아닐까 싶다. 그리고 당연한 것 아닐까 싶다. 나도 이 시대를 타고 있고 만들어가는 '젊은 세대'에 속하지만, 그 속도감에는 발맞추지 못하고 있다. 너무 빠르다. 자신의 모습으로 앞만 보고 달리는 시점 속에 공동체의 개념이 점점 사라지고 있다. 실수를 같이 덮고 이해하며 극복하고 포용하기보다 그래 너의 실수 아주 잘 걸렸다는 식의 개인주의 의식이 판을 치기 시작했다. 그것은 조금만 여럿이 모여도 느껴지는 현실이다. 내가 잘사는 것이 우선시 되고, 내가 잘나고 싶어 하는 것이 우선시 되고 있다. 소름 돋고 안타까운 것은 이 문장을 끄적거리고 있는 나 역시도 나 자신이 먼저고 나 자신 것을 챙기는 사람이 되어버렸다. 함께-라는 것은 그저 노력으로 만들어내고 있을 뿐이다. 자연스레 '사람들'이라는 단어는 '나'라는 단어보다 현저히 적게 떠올리고 나의 영역을 터치 당하면 금세 불쾌해진다.

앞으로나란히-라는 초등학교 시절 체육 시간에 귀에 딱지 앉도록 자주 듣던 그 단어. 말 그대로 양쪽 팔을 나란하게 앞으로 들어 올리는 것이다. 앞으로나란히—하는 시기를 마지막으로 겪던 시점부터 딱 10년 지난 나의 상태는 나란하게 살아간다는 게 가능할까 라는 의문을 품고 소녀에서 여자가 되어가고 있다. 나만 잘하는 게 아니라 같이 잘하길 바라는 마음을 가질 수 있을까, 나와 같은 방향의 사람이 더 잘되는 것을 보며 그 앞에서 하나의 가식도 없이 진실한 웃음으로 잘했다고 말해줄 수 있을까. 그래서 노력하고 싶어진다. 가식으로 넘어가고 싶지 않다. 사람이 수고하고 잘 해냈을 때 그 마음을 쓰다듬어 주는 사람이 되고 싶다. 나약한 감정에 휘말려 나란하게 사는 것을 포기하고 싶지 않다. 열심히 갈고 닦아 함께 빛나는 것을 지향하는 사람이 되고 싶다. 그렇지만 이 생각도 잠시 내일의 나는 또 '나'만을 택하게 될까 두려운 순간이다.

내가 내리는 결정

인생에서 중요한 결정을 내려야 할 때, 그것에 대해 얼마나 큰 확신과 자신이 들어야 결정을 내릴 수 있을까? 충분히 생각해도 실패할 수 있고 에라 모르겠다며 내린 결정이 결과가 좋을 수도 있다. 고등학교 1학년 때 동아리를 필수로 들어야 했다. 친구들과 이곳저곳 알아보다 영자신문부와 토론부, 둘 중 갈등에 놓이게 된 적이 있다. 영자신문부를 먼저 알게 되어 영어 실력을 늘리고 싶은 마음에 면접을 보고 나왔다. 영어의 영자도 잘 모르는 내가 과연 붙을까 싶어 다급해진 마음을 안은 채 '그래, 난 말하는 걸 좋아하니까.'라는 단순한 마음으로 토론부 면접을 이어 보게 되었다. 나름 당당했던 신입생의 패기가 마음에 들었는지 학교 게시판에 기재된 토론부 합격 결과에는 내 이름 세글자가 속해 있었다. 너무 기뻤다. 근데 떨어질 것을 예상했던 영자신문부에도 내 이름이 올라왔다. 아니 이럴 수가, 내 인생 최대의 고민이었다. 둘 다 정말 탐나는 동아리였고 둘 다 붙었다는 희열이 매우 커서 진심으로 나의 17년 인생 중 제일 중요한 결정이라고 여겨질 정도였다. 그리고 결국 나는 토론부를 선택했다. 내 역량을 좀 더 발휘할 수 있는 곳이라 여겼기에 이틀을 고민한 끝에 내린 결정이었다. 영자신문부 선배들을 피해 다닐 만큼 죄송했지만, 내 선택에 후회는 없었다. 그런 선택의 순간들이 우리에게는 참 많다. 삼겹살을 미친 듯이 구워 먹고 싶던 한낮의 기분이 있다. 그렇게 시간이 흘러 하루를 마친 고생스러운 저녁이 다가오면 삼겹살은커녕 그저 끼니를 빨리 때우고 휴식을 원하게 될 때가 있다. 삼겹살을 구운 후에 해야 할 뒷정리를 상상하면 입맛이 떨어지는 그런 귀찮음이 잔뜩 드는 날이 있다. 그 때문에 갑자기 한낮의 다짐은 사라지고 라면으로 때우리라 마음먹고 물을 끓일 때, 남들이 다 삼겹살을 먹는 하루라도 나는 결국 라면을 먹게 된다.

그렇게 우리는 빨리 먹고 쉬고 싶은 강렬한 욕구 때문에 낮의 다짐과 다르게 라면을 먹게 되듯 우리는 우리 스스로가 강하게 원하고 간절한 것에 있어서 남들이 어떻게 말하고 어떻게 판단해도 내 주장과 내 바람대로 방향을 틀어 결정하게 된다. 종종 나의 친한 동생들이 간절히 무언가를 원하는데 그게 잘 이루어지지 않는다고 고민 상담을 요청해 올 때가 있다. 명언을 날리고 싶은데 난감했다. 나는 원하는 것이 그리 많은 사람이 아니었다. 물욕도 별로 없고, 그 외에도 별다른 욕심이 없는 사람이다. 물론 아예 없다고 할 수는 없다. 종종 생겨나고 음식에 대한 욕심은 장대하기까지 하지만, 그 외의 것들에 대한 욕심은 가끔 즐거운 상상 정도로만 마무리 지을 뿐 실현하고자 하는 마음도 별로 없었다. 그런데 다들 그렇게 원하는 게 있고 그것이 되지 않아 한숨짓고 눈물짓는 것을 보면 이렇게 욕심 없이 살아도 되나 싶은 의문이 피어올랐다. 마치 내가 현실감 없는 사람이라는 기분을 들게 했다. 아 저렇게 다들 간절해서 열심히 사는데, 왜 나는 편하게 그리고 안일하게 이 세상을 둘러보고만 있는 건가 싶었다. 물론 욕심이 있다고 다 잘되는 것은 아니다. 욕심이 사람을 망치기도 하니까. 그러나 적당한 야망은 있어야지 싶은 마음이 어느 날 들었다. 그저 내 생각과 세상이 내게 던져주는 생각들을 적어 나가는 것이 좋고, 그 순간순간의 것들을 글로 표현하는 것이 좋다. 그 생각들을 누군가가 접할 수 있다면 좋겠다는 마음도 있다. 나에게 욕심이라는 건 어쩌면 이것일 수도 있겠다. 실현되기 전까지는 현실이 아니기에 욕심이겠지. 어떤 것에 마음을 품든 자신이 원하고 욕심내는 것, 자신이 이루고자 하는 것, 이뤄내고 싶은 것, 해보고 싶은 것, 겪어보고 싶은 그 모든 것은 잘되지 않더라도 결국 자신이 내리는 결정이다. 타인의 조언도 결국 큰 의미가 없다는 것을 다들 알 것이다. 수도 없이 친구들에게 연애 조언을 구하면서도 결국 자신의 마음대로 결정을 내리는 것처럼 말이다.

스스로가 내린 결정에 후회하는 날이 올지도 모른다. 나는 후회하는 걸 극도로 싫어해 후회하지 않을 만한 것을 결정의 제일 중요한 요소로 생각하지만, 다른 누군가는 성공과 실패의 확률을 결정의 기준으로 삼을 수 있다. 또는 애인이나 존경하는 이의 조언을 결정의 요소로 생각할 수 있다. 각자가 결정지어야 하는 난감하고 애매한 순간들이 얼마나 많이 다가올까. 초등학생 때는 모범생 회장과 축구를 잘하는 장난꾸러기 친구 중 누구를 좋아해야 할까 엄청나게 고민했다. 결정은 어쩌면 내가 내리는 문제가 아니었을 텐데, 그때는 결정까지 꽤 오랜 시간이 걸렸다. 중학생 때는 귀를 뚫게 해달라고 허락을 먼저 받을까 미리 뚫고 가서 싹싹 빌까에 대해 결정하는 데 오랜 시간을 쏟았고 그 외에도 자잘한 것부터 중대한 것까지 내가 내려온 결정의 순간들은 무수히 많다. 다른 사람들에게도 운 좋게 두 회사를 붙어 어디로 발을 내디딜지 결정해야 하는 상황, 운명의 상대 같으면서도 평생을 함께 걸어가야 한다는 상상은 쉽게 되지 않는 결혼적령기의 남녀가 내려야 하는 결정의 순간, 싼값이지만 좋지 않은 집과 비싼 값에 살만한 집 어떤 곳에 자리를 잡아야 할지, 재수 없는 인간이 있는 회사를 계속 다녀야 할지에 대한 선택의 순간도 있을 것이다. 많은 순간 나만이 내려야 하는 결정이 가끔 두렵기도 하지만, 내가 결정 내릴 수 있음이 어느 면에서는 마음에 든다. 그 어떤 결정도 우리에게 좋은 영향과 불시에 넘치는 행복감을 선물해 줄 것이다.

내가 쓴 시를 읽고 싶대

나는 스물한 살 때부터 일주일에 한 번씩 시를 써왔다. 그리고 스물세 살 2월쯤부터는 이주에 한 번으로 바꿨다. 사실 조금 귀찮아진 것도 있고, 글에 대한 자신감이 애매하기도 하고, 바쁘기도 해서. 김소월 시인이나 윤동주 시인과 같은 문장 구사력과 진정한 울림을 남기는 대단한 시를 쓰는 것은 아니지만, 시로밖에 표현 안 될 마음들과 생각들이 있었고 그것들을 그냥 끄적여 가며 꾸준히 시를 적어왔다. 그때 내가 얻는 묘한 희열도 분명히 존재했다. 그렇게 내가 혼자 시를 쓰는 것에 대해 그리고 내가 그것을 얼마나 애정하고 있는지에 대해서 잘 알고 있던 사람이 있다. 그는 내가 직접 쓴 시를 읽고 싶다며 한참을 졸라댔다. 우리는 일 년을 향해가며 사귀고 있었고 일 년이 넘어서도 계속 만나고 있었다. 오래 만날 수 있을 것 같은 사람이었기에 우리가 삼 주년을 맞이하는 때가 오면 그때 몽땅 꺼내 보여주겠다고 당당하게 제안했다. 그렇게 몽땅 꺼내 보여줄 시간은 오지 않았다. 우리는 헤어졌으니까. 지금 와서 생각해 보면 내가 3년이라는 시간을 내세웠던 건 그 정도의 시간은 지나야 우리의 사랑이 안정기에 들어서리라 생각했던 것 같다. 나의 것을 꺼내 보여주는 것이 낯설어서 그쯤이면 자연스레 보여줄 수 있을 거라 믿었다. 결국 시를 보여줄 순 없게 되었지만, 그런데도 나는 이 사람을 아주 좋은 모습으로 기억하고 있다. 내가 정적이고 문학적인 것에 크게 애정을 두었던 반면 동적이고 나와 정서 자체가 다르던 이 사람은 자신과 다른 성향을 가진 내가 선비처럼 시 쓰기에 집중하느라 연락이 잘 안 되는 상황에도 '왜 그런 쓸데없는 짓을 해 무슨 의미가 있다고~'라는 문장과 비슷한 말이라도 단 한 번을 꺼낸 적이 없었고, 타박하지 않았으며 찬찬히 잘 쓰라고 다독여 주었다는 점이 참 멋진 사람 같았다. 보통 서로가 어느 정도 편해지다 보면 상대에게 서운한 참견이나 오지랖을 부리게 되기에 십상이다. 그런데 내가 하는 일에 가치를 두어주는 모습, 지속해서 존중해 주는 모습이 이 사람을 사랑하지 않을 수 없게 만들었다. 이것이 이 사람의 넓은 그릇이구나 싶었고 고마웠다. 그래서 여전히 내 기억 속에 좋은 사람으로 남아있다. 제일 어렵다는 '있는 그대로 바라보기'. 그는 나보다 대단히 잘난 사람이었다. 내가 생각하는 잘난 사람의 조건 중 하나가 바로 타인의 모든 조건을 존중해주는 사람이다. 좋은 관계, 건강한 관계였다는 사실을 나는 굳게 자신할 수 있다.

아무리 혼자 사는 인생이라지만 '나'의 주변에 어떤 사람들이 있느냐는 삶을 바라보는 시각과 에너지를 좌우하게 만드는 것이 분명하다. 그 사람 덕분에 나는 자신감이라는 에너지를 가지고 즐겁게 시를 쓸 수 있었다. 누군가의 일을 진정으로 응원하고 있는 그대로 사랑해준다는 것이 얼마나 어려운지 안다. 쉬울 것 같지만 막상 눈앞에 닥치면 쉽지만은 않다. 내가 그랬으니까. 남이 무엇인가를 좋아하면 아 저것을 좋아하는구나-이게 끝이었던 나에게 진심으로 상대의 것을 아끼고 좋게 바라봐 주는 것을 가르쳐 준 그 사람이 지금 생각해보면 존경스럽다. 사람에게는 진심이라는 감정이 참 중요한 것 같다. 진심을 담은 마음과 눈빛으로 상대방을 대하고 그래서 그 상대 역시 진심이 가득한 사람이 되도록 이끄는 것. 어렵고 필요하고 중요하다. 내가 좋은 이끎을 당했으니 나 역시 누군가를 좋게 이끌 수 있도록 노력하고 싶다. 내가 쓴 시를 읽고 싶다던 그 사람에게 진심으로 고마운 마음을 전하며, 오늘은 미뤄두던 시 하나를 천천히 마무리해야겠다.

밤을 새우고 난 그 후에는

학교 수련회나 엠티를 가서, 여행을 떠나서, 교회 수련회를 가서 등 다 함께 노느라 밤을 꼴딱 새워본 적은 많다. 돌아오는 차 속에서 아주 깊은 숙면에 빠지고 집에 와서 양심상 샤워까지 마친 뒤 바로 누워 더 깊은 숙면에 빠지곤 했다. 그 숱하게 많고 많던 나의 밤들 중 놀라운 건 우리 식구가 모여 사는 집 안에서 자의로 밤을 새워본 적은 단 한 번도 없었다는 사실이다. 자의가 아니라 해도 없었다. 덕분에 주변 친구들이 여러 이유로 밤을 새웠다는 이야기를 들을 때면 눈이 동그래지며 신기했고 그렇다고 굳이 밤을 새워보고 싶다거나 어떤 기분일까 궁금하지는 않았다. 원래 일찍 자는 스타일이기도 하고, 그나마 새벽 세 시까지 밀린 과제를 하느라 깨어있던 게 새벽 기억의 전부다. 그렇게 나는 나 홀로 꼴딱 밤을 새운 적이 단 한 번도 없는 사람이었다. 오후 11시부터는 인간의 몸에 좋은 호르몬이 나오니 빨리 잠에 들라는 엄마의 재촉 탓도 있었고 나 역시 일찍 잠드는 게 좋아 밤새우는 기분을 굳이 느끼고 싶지 않았다. 그런 나의 수많은 몇천일의 밤이 흐르고, 어느 날 밤의 나는 유독 잠이 오지 않아 정신이 멀쩡한 상태였다. 무엇을 할까 생각했다. 보통 누워 잠깐 이런저런 상상에 빠지다 보면 거의 바로 잠들어 왔기 때문에 잠이 오지 않는 상태가 어색하고 불편했다. 근데 이게 웬걸 그냥 누워서 눈만 감고 있는데 창밖에서 불어오는 선선한 바람, 그에 맞춘 이불 속 나의 체온, 이상하리만큼 상쾌한 공기 등. 그 순간의 느낌이 빨리 잠자리에 들어야 한다는 조바심 따위 찾아볼 수 없게 만들 만큼 신선하고 좋았다. 이 낯설지만 나쁘지 않은 불면의 이유는 무엇일까 곱씹게 되었다. 불편하던 마음이 새롭고 재미있는 기분으로 바뀌어 갔다.

회사에 다니는 사람은 늦잠을 잘 수 없는 형편 덕에 숙면을 통한 컨디션 조절이 무척이나 중요하다. 나는 일하는 시간대가 대부분 오후 시간이었기에 늦잠 자는 것이 가능할 때도 있었지만 늦잠을 별로 좋아하지 않았고, 따라서 잠이 오지 않던 날이 금요일에서 토요일로 넘어가는 새벽이었다는 건 다행이었다. 아무튼 참 묘한 재미를 느끼며 자리에서 일어나 창문 밖을 내다보고 내가 지금까지 써왔던 일기를 읽으며 밤을 새우게 되었다. 다들 처음으로 밤을 꼴딱 새우며 해가 뜨는 것을 보았던 날을 기억하는지 모르겠다. 나는 초등학교 4학년 수련회 때 처음 밤을 새워 보았다. 정말 새롭고 신기한 경험이라 여전히 기억에 남아있다. 친구들에게 호들갑을 떨며 해 뜬다고, 우리 밤새웠다고 말하던 그 때의 내가 스치듯 떠오른다. 숙소의 모양은 아주 완벽하게 기억한다. 여자친구들이 한 방에 들어갈 만큼 넓었고 복층이었다. 시간이 흘러 더 큰 후에 새벽 내내 마피아 게임을 하며 해 뜨는 걸 보고 꺄르르거린 적 역시 있지만 내 방에서(비록 잠이 오지 않은 것이 주된 이유기는 했지만) 무엇인가를 끄적거리며 영화를 보고 음악을 들으며 생각하다 그렇게 창밖으로 밝은 빛이 들어오는 것을 목격한 것은 처음이었다. 새들이 아침을 알리듯 짹짹거리는 게 애니메이션에만 등장하는 것이 아니라는 걸 알게 된 것, 이 모든 게 처음이라 짜릿함을 느꼈던 것 같다. 밤을 새우며 느끼게 되는 짜릿함에 대해 알고 있는 사람은 많을까? 다들 무엇을 하며 밤을 보내는 걸까? 밤을 새우는 경우가 얼마나 될까? 밤을 새우면 다음 날은 어떻게 보낼까?

이사하기 전 방음이 그리 잘되지 않던 집에서 아침이 되어 부모님의 대화가 시작되는 게 들리기 시작했다. 그 뜻은 명백한 아침이 왔다는 증거였다. 전날 저녁 엄마 아빠와 잘 자라는 인사를 마지막으로 방에 들어와 밤이 시작되었다. 그렇게 시간은 새벽을 향해 달렸고 다시 엄마 아빠의 소리를 통해 아침이 밝아온 것을 느끼다니 웃기고 흥미로웠다. 그러나 내가 꼴딱 밤을 새운 것을 알게 되면 귀를 막아도 통과되는 우리 엄마의 잔소리가 시작될 게 뻔했으므로 자는 척했다. 나의 뿌듯한 밤샘 이야기를 일기장에 기록하지 않고는 못 배길 것만 같아 엄마 아빠 몰래 서랍 여는 소리까지 조심하며 일기장을 꺼내 그 순간의 감정을 적었다. 잠에 취한 척 겨우 일어나는 액션을 취하며 아침을 먹고 밤새 못 잔 잠을 다시 편안하게 청했다. 누군가에게는 잠을 잔다는 게 너무 당연하고 또는 밤을 새운다는 게 너무 당연할지 모르지만, 나에게는 의미 깊은 새벽이자 밤샘의 시간이었다. 그리고 내가 이 이야기를 어떤 언니에게 꺼냈을 때 무슨 고민이 있어 잘 수 없었던 것은 아니냐며 물어왔다. 사실 맞다. 나는 그날 밤 머릿속에 떨어지지 않는 고민이 있었다. 잠이 오지 않는 게, 잠을 자고 있지 못한 이유가 그 고민 때문은 아닐 거라고 혼자 합리화를 해댔다. 그 고민을 머릿속에 되풀이하지 않기 위해 새벽 내내 영화를 재생하고 음악을 들으며 예전 일기를 읽었다. 고민 탓에 잠 못 들고 있는 나를 인정하고 싶지 않았나 보다. 해결할 수 없는 고민을 반복해서 떠올리다 겨우 잠자리에 드는 사람들의 쓰린 마음을 이해할 수 있는 계기였지만 결과적으로 봤을 때 밤을 새우는 일은 다행히 그 고민을 잊도록 도와주있다. 그래서 더 짜릿했던 게 아닐까 싶다. 앞으로도 많은 밤을 뜬눈으로 즐겁게 보내볼 예정이다. 나의 할 일을 더 열심히 하느라 새울 수도, 그냥 뒹굴뒹굴하다 새울 수도 있다. 밤을 새우고 난 다음 날 더 깊은 잠에 빠져 에너지를 충전해야 하는 것은 만인의 공통이지만, 그 긴 밤과 그로부터 몇 시간이 지난 새벽의 시간은 정말 큰 매력을 지니고 있음이 분명하다.

조금은 느리게 가도 괜찮을지 고민이라면

대단한 사람들이 어찌나 세상에 많은지 종종 놀랄 때가 있다. 아무리 다 같은 사람이라지만 확실히 좀 더 눈에 띄거나 좀 더 특별함을 뽐내는 사람들이 있는 건 부정할 수 없는 사실이다. 어릴 적이면 나를 보고 꼭 튄다고 말씀하시는 어른들이 있었고, 내가 어른이 되어 아이들을 봐도 어딘가 눈에 띄고 뭔가 남다른 아이들이 있다. 그렇지만 꼭 세상에 이름을 알리고 돈을 많이 쥐고 있어야 대단한 삶이 아니란 건 아주 분명히 알고 있다. 인간에게는 표현 욕구가 있기에 본인의 존재감을 드러내고 싶어 하고 수많은 이들이 이름을 알리고 싶어 한다. 세상에 나를 알리지 못할까, 또는 원하는 만큼의 것들을 갖지 못할까 봐 발을 동동 구르며 조급해한다. 내가 아주 큰 목소리로 말하고 싶은 건 "우리 그냥 느리게 즐기면서 가볼까요?"이다. 생각해보면 정말 누가 '그때'를 정하는가. 우습다. 세상 선배들이 후배들에게 자꾸 말해 주었어야 하는 건데 그런 선배가 몇 없었다. 이 글을 읽고 있는 모두가 아는 사실은 아무리 유명해도 매 순간 모든 사람에게 기억될 순 없다는 것이다. 이름을 알려봤자 결국 자신을 제외하곤 모두가 타인이라 우리는 우리의 삶을 살기 바빠 잊는다. 따라서 만인에게 기억된다는 것은 프리다 칼로, 반 고흐와도 같이 몇 세기를 아우를 만큼의 대단한 인물이 아니라면 사실 어렵고 의미가 없다. 이름을 알리고 대단한 무언가를 가져야 한다고 조급해하지 않았으면 좋겠다. 그 과정을 제발 감사해했으면 좋겠다. 모순적이고 안타깝지만 나 역시도 무턱대고 잘 살고, 잘 되고 싶을 때가 있는 것은 분명하다. 조용히 평온하게 살고 싶다가도 한 번 사는 인생 제대로 살아보고 싶기도 하고, 그러다 제대로 사는 게 뭐냐고 스스로 되묻기도 한다. 결국 가만히 살고 싶은 마음이 그새 나를 감싸기를 반복한다. 무조건 나보다 나이가 위인 사람들이었다면 이제는 동갑, 동생의 나이들까지도 세상에 나오고 있는 걸 발견할 때면 '나는?'이라는 생각이 절로 들 때도 있었다. 사실 잘 모르겠다. 그렇지만 어느덧 내가 느낀 아주 중요한 사실은 내가 좋아하는 일로 내가 나로 바로 서는 게 제일 중요하다는 걸 느낀다. 왜냐, 좋아하는 일을 생각하면 기쁘고 설레는데 단순히 잘나가야 하고 이름을 알려야 할 것 같고 돈을 많이 벌 수 있는 궁리를 해보면 불행해지는 기분이 든다. 이런 생각을 해야 하는 현실에 정이 떨어지기도 한다. 그러니 걱정하지 말고, 세상에 한 조각이 되지 못할까 봐 불안해 할 것 없다. 내가 사랑하고 사랑받고 싶은 주변 지인들의 마음속에 기억되는 것만도 어려운 일이다. 살아갈수록 많은 사람을 마주할 테니 뭐 죽을 때쯤에는 예순 명 정도는 날 기억해주겠지, 아주 잠깐일지라도. 물론 이것에 만족하지 못하는 열정과 욕망 가득한 이들이 세상에 넘쳐나는 것을 알고 있다. 어느 속도로 삶을 살아내야 할지 어렵다. 내 보폭만 확인하며 살기에는 아닌 것 같기도 하다. 어찌 예전보다 더욱 그런 것 같다. 이 사실에 대한 분명한 부분은 전보다 '나'라는 존재를 의식하며 살아갈 수 있다는 것 자체가 그만큼 살아가는 환경이 나아지고 나를 드러낼 수 있는 기술이 발전했다는 걸 증명해주기도 한다. 나와 나이 차이가 꽤 나는 우리 엄마의 세대만 해도 지금 내 또래와는 달리 그냥 사는 것 자체도 벅찼고 입에 풀칠하기에 급급했다고 하는 걸 듣다 보니 자신을 돌보고 꾸미며 경험을 쌓아가는 것에 대한 신경을 쓸 틈이 없었겠지 싶다. 뭐 아무튼, 자신이 지나치게 찬찬히 가고 있어 조급함이 생긴다거나 미래에 대한 자신이 사라지고 있다면 조금만 더 힘을 내자고 말하고 싶다. 그 언젠간 내 마음이 채워질 만큼 내가 무엇인가를 이루겠다고 믿자. 또 하나 웃긴 것은 그렇게 채우고 채워가도 더 채워지길 바라는 게 인간이니, 이 욕심의 끝은 어차피 없을 터 마음 편히 먹고 가겠다고 생각했으면 좋겠다. 조금 느려도 찬찬히 가는 것이 아주 괜찮은 일이라고 믿고 싶다. 물론 내가 빠른 것도 느린 것도 아니다. 그렇다고 빠른 것과 느린 것의 기준은 뭔데? 라고 되묻고 싶기도 하다. 흑, 잘 모르겠다. 세상의 기준 나만의 기준 부모님의 기준이 다 다른 것처럼 그래, 기준은 없다. 없을 것 같다. 그래서 나는 언제라도 나를 펼치도록 어떻게 펼칠지에 대해 즐겁게 고민하고 생각하려 한다. 잘 펼치도록, 펼쳐도 끝까지 겸손하도록 노력하는 사람이 되어야지. 정말 그래야지. 우선 오늘 밤은 잠을 푹 자야겠다. 좋은 꿈을 꿔야 내일이 또 행복할 테니. 행복한 나는 찬찬히 가는 삶도 아낄 테니.

찬란하게 계속 가자,
그 어느 날에도

초가을이 되었다. 푸릇하던 봄과 불과 얼마 전 더워 죽던 여름에도 내가 겪고 생각하던 것들에 대해 적고 있었다. 어느새 열고 잔 창문에서 불어오는 바람 속 아침 공기가 차게 느껴진다. 누군가에게 귓속말로 이 기분을 털어놓고 싶을 만큼 다가온 계절이 어색하다. 내가 일하는 도서관 앞에는 조금 이르다 싶은 붕어빵 장사가 다시 시작되었다. 주변에 같이 붕어빵 먹을 친구가 있을까? 바로 딱 떠오르는 삶이면 좋겠는데 말이다. 불완전한 삶을 살아가는 우리는 절대 어떤 식으로도 내가 네가 될 수 없고 네가 내가 될 수 없다. 그래도 우리는 모두 함께 살아가기에 오감이 채워지고 완전해져 간다. '나'를 항상 사랑하되 거기서 멈추지 않고 타인까지도 사랑하고 싶다. 내가 새 출발을 했던 스물한 살이 기억난다. 아무리 어렸던 나이의 나였다 한들 나의 감정과 생각들은 그 당시 모두 진심이었고 나름 신중했었다. 모두가 자기 자신에서 벗어날 수 없다. 그때의 나도 지금의 나도 얼마나 변화를 겪게 되든 결국 같은 '나'라는 것을 인정한다. 이 년이 흐른 지금, 스물셋의 입장에서 하는 말들과 생각들 역시 나에게는 진심이고 신중하지만, 누군가의 시선으로는 한참 어리고 성숙지 못하다 여겨질 수 있고 그 사실을 나는 잘 알고 있다. 그렇다. 내가 할 수 있는 생각들과 내가 느끼고 바라보는 것들이 아직 딱 이 정도뿐인데 무엇을 반박하겠는가. 이러한 사실을 장점으로 봐주는 이도 있다. 누군가에게는 넓고 색다를 수도, 누군가에는 참 좁고 답답할 수 있다. 정말 어느 것 하나도 또래 보다 잘났다거나 아는 것 하나 없던 스무 살, 값싼 음식도 그저 맛있으면 행복했고 '나'라는 사람을 찾기 위해 부단히 버둥거렸던 스물한 살. 지금 생각해보면 참 어렸다. 그리고 첫 사회생활에 발을 디뎌 어른이 되는구나 싶던 더불어 낯설고 부족했지만, 열정으로 가득했던 나의 스물둘. 그렇게 흘러가고 흘러왔다. 마지막으로 이제 모든 것에 눈을 떠가는, 나 자신을 돌보는 것에 대해 알아가고 진정한 행복을 만드는 일에 가속화가 붙은 스물셋의 나. 그리고 이 시대, 이 시간을 함께 살아가고 있을 얼굴조차 모를 세상 사람들. 모두 각자의 스토리가 다를 뿐 비슷한 성장의 과정들을 겪을 것이다. 놓치고 사는 것도 많을 것이고 남들보다 더 잡고 사는 것도 많을 것이다.

다 분주히 살아가고 자신의 삶을 서성인다. 지금도 시간은 계속 간다.

누군가는 잠을 자고 누군가는 내가 잘 모르는 가수의 음악을 듣고 누군가는 친구와 통화를 하며 누군가는 요리 중이고 누군가는 간절한 기도를 하고 있겠지. 그렇게 각자만의 방식으로 잘 살아가고 있다.

유리컵을 깼을 때 나보다 먼저 빗자루를 들고 나서준 사람, 내색하지 않았다고 자신했는데 힘들어 보인다며 말 걸어준 사람, 밤늦게 어딘가로 출발해야 하는 나를 위해 얼른 가라며 당사자보다 호들갑 떨며 배려해준 고마운 이들과 한껏 짜증을 내고 있는데도 밥 먹는 내가 목 막힐까 가만히 물을 따라 주는 아빠라는 사람까지. 이들이 있는데 내가 어찌 행복하지 않을 수 있겠나 싶다. 작은 것들 덕분에 우리의 삶이 결국 찬란한 것이라고 믿고 산다. 주변을 조금만 돌아봐도 자신이 얼마나 찬란한 시간을 보내고 있는지 알 수 있다. 정말로. 그저 한순간 어떠한 감정에 휩싸여 단순히 내뱉는 말이 아니다. 무엇인가에 대해 깊게 생각하지 않아도 잠시 잠깐 생각해봐도 마음이 풍성해지는 이 모든 순간이 쌓여 지금의 내가 있을 수 있고 각 개인의 존재 이유가 생겨나는 것이다. 비록 스스로 속이 터지고 답답하며 내 안에 부조화를 만들게 하는 사람들 역시 있겠지만 실없는 일이라며 금방 잊고 극복하게 되는 것은 그걸 덮을 만큼 내가 받는 사랑과 주고 싶어 하는 사랑이 많기 때문이다. 열등감을 소멸시키고 행복을 맞이하며 나란하게 살아가고 긍정적인 마음으로 사는 그 간단하지만, 강단 있는 씩씩한 마음들로 삶의 시간을 채우고 싶다. 성장의 비밀처럼 가끔 나만 혼자 기뻐하고 나만 혼자 슬퍼하는 일들까지도 아끼고 소중히 대하는 삶을 지향하고 싶다. 다양한 매

체의 분산과 타인과 개인의 격차가 뚜렷해지는 요즘, 금세 흐린 구름이 몰려오는 세상 속에서 현대인들이 걸어가는 시간이 모두에게 큰 가치로 함께 소중했으면 한다. 이미 서른을 넘긴 사람들은 스물셋이라는 나이에 무엇을 했을까, 나와 동갑인 친구들은 어디서 어떻게 스물셋을 보내고 있을까 생각한다. 사실 그게 뭐가 중요한가 싶기도 하다. 이제 겨우 태어나 앞으로의 시간을 살아갈 아이들의 삶도 사실 내 알 바 아니다. 나보다 먼저 살아간 사람들 역시 우리 세대에 대해 알 바 아닐 것이다. 그렇다. 그냥 각자가 지금을 사는 것이다. 내가 이 많고 많은 이야기를 쏟아내며 결론적으로 바라고 꿈꾸는 이상향은 그냥 서로들 잘 살았으면 좋겠다는 것이다. 이 명제에 대해 그 누구도 테클 걸지 않고 말이다. 자신이 원하고 사랑하는 일을 하나하나 한 해 한 해 해나가며 그렇게 찬란하게 계속 갔으면 좋겠다. 선하고 좋은 마음을 놓지 말고, 당당하게 어깨를 펴고, 울적할 땐 울적함을 받아들이며 결국에는 이겨낼 수 있는 사람들이 이 세상 곳곳에 넘쳐났으면 좋겠다. 내 깊은 바람들이 같은 결로 다가가지 못한다 해도 괜찮다. 받아들이는 것, 생각하는 것, 몸담는 것, 변화하는 것은 각자의 몫이기 때문이다. 이 글을 한 줄 한 줄 읽고 있을 얼굴 모를 수많은 누군가가 귀엽다. 나는 이제 내년을 생각해볼까 한다. 내년이면 스물넷이라는 나이를 갖는다. 나는 한 해를 보낼 때 미련을 두지 않을 만큼 기쁜 추억을 만든다. 이번 연도에 이루고자 하는 것들을 이제 거의 다 이뤄간다. 이 정도면 미련 없이 다음 해를 맞이할 수 있을 것 같은 용기도 생긴다. 잊지 않고 기억으로 기록으로 마음으로 다 담아두겠지만 스물셋은 유독 애틋해서 더 소중히 담아 두어야겠다는 마음이 든다. 서른넷과 서른다섯 사이쯤에는 인생이라는 것에 현실 타격이 올 수도 있다. 그때도 나는 그냥 계속 나아갈 것이다. 나 자신과 씨름도 할 테고 사랑도 하고 가만히 놔두기도 할 것이다. 마흔쯤에는 혼자 짐 가방을 꾸려 세계 일주를 떠나보고 싶다. 다 헛되고 헛된 생각이자 꿈일지라도, 다짐하고 기대하는 지금의 나에게 먼 미래의 나는 분명히 고마워하겠지. 얼굴을 모른 채 살아가도 서로의 안녕까지 빌어줄 수 있는 찬란하고 넉넉한 사람들이 되자. 그런 좋은 마음의 평온함이 나를 건강하게 만든다는 확신과 함께 기분 좋은 하루하루가 되어 시간을 걸어가자. 이제 곧 노트북 자판에서 손을 뗄 예정이다. 마지막으로 깊은 마음을 담아 하고 싶은 말이 딱 하나 더 남아있다. 그 말은 '찬란하게 계속 가자, 그 어느 날에도'.

어른의 세렌디피티

초판 1쇄 발행 | 2020년 4월 20일

지은이 | 심세은
펴낸이 | 김지연
펴낸곳 | 마음세상

주 소 | 경기도 파주시 한빛로 70 515-501

신고번호 | 제406-2011-000024호
신고일자 | 2011년 3월 7일

ISBN | 979-11-5636-389-7 (03810)

원고투고 | maumsesang@nate.com

* 값 13,200원
* 마음세상은 삶의 감동을 이끌어내는 진솔한 책을 발간하고 있습니다. 참신한 원고가 준비되셨다면 망설이지 마시고 연락주세요.
이 도서의 국립중앙도서관 출판예정도서목록(CIP)은 서지정보유통지원시스템 홈페이지(http://seoji.nl.go.kr)와 국가자료종합목록 구축시스템(http://kolis-net.nl.go.kr)에서 이용하실 수 있습니다. (CIP제어번호 : CIP2020012203)